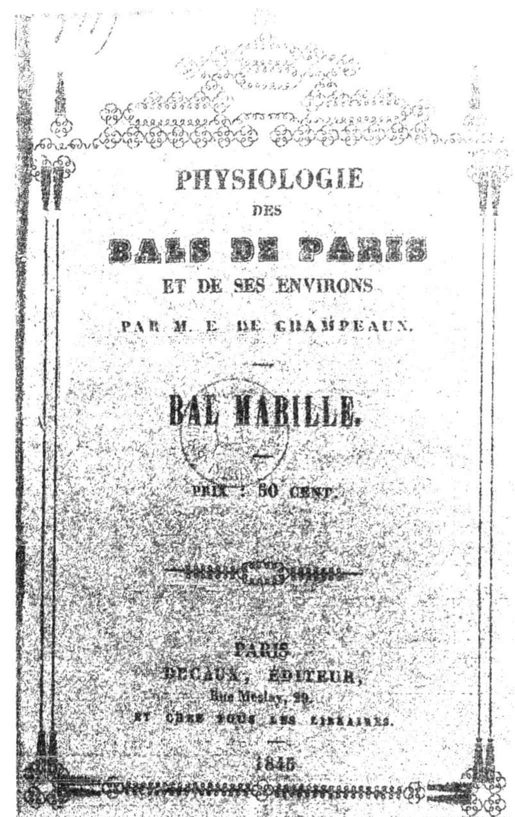

PHYSIOLOGIE

DES

BALS DE PARIS

ET DE SES ENVIRONS

PAR M. E. DE CHAMPEAUX.

BAL MABILLE.

PRIX : 50 CENT.

PARIS.
DECAUX, ÉDITEUR,
Rue Meslay, 29.
ET CHEZ TOUS LES LIBRAIRES.

1845

PHYSIOLOGIE

DES

BALS DE PARIS

ET DE SES ENVIRONS

PAR M. E. DE CHAMPEAUX.

BAL MABILLE.

PARIS

Decaux, éditeur,

RUE MESLAY, 29.

1845

PARIS. — Imprimerie de Chassaignon, rue Gît-le-Cœur, 5.

INTRODUCTION.

Les commotions que le temps et les circonstances font
subir aux peuples, réagissent sur les phases les plus sérieuses de leur existence, comme sur les choses les plus
futiles, et si de ces événements qui servent de bases à l'histoire et en forment souvent les plus terribles péripéties, il
résulte pour le présent et pour l'avenir des changements
dans la manière d'être de tous les hommes, on ne saurait
nier que ces causes, tout d'abord si graves et ces effets si
puissants, n'exercent pas aussi une influence directe sur
les divertissements de la multitude et par suite aussi sur le
choix et la nature de ses plaisirs.

Bien avant 1789, nos ancêtres aimaient la danse et la
danse sous la feuillée, mais à çà près d'ignobles guinguettes,
hantées seulement par le bas peuple, on ne connaissait pas
ce que c'était que les jardins publics ; les gens du monde
dansaient chez eux, et la bourgeoisie ne trouvait de bals
champêtres que dans les fêtes de village : tout changea de
face et de direction après le terrible ouragan de 1793. — Le
peuple voulut connaître à son tour les jouissances de cette

noblesse que la loi venait de proscrire et de frapper, il
pénétra dans ses hôtels, dans ses petites maisons, il en
parcourut les délicieux jardins, il y trouva les salons de
verdure où naguère les brillants marquis, les jolies com-
tesses, les abbés musqués, les actrices en renom, les courti-
sanes en faveur se livraient à la danse loin du bruit de la
ville et des regards indiscrets, et bientôt des entrepreneurs
remeublèrent ces fastueux séjours et y ressuscitèrent, au
profit d'une foule curieuse et avide d'émotions nouvelles,
les fêtes qui ne s'y étaient données précédemment que
pour un petit nombre d'élus. — C'est ainsi que le jardin
Boutin, autrement dit l'ancien Tivoli, l'Élysée-Bourbon,
Marbœuf, le parc de Mouceaux, le hameau de Chantilly,
aux Champs-Élysées, Frascati, et trente autres jardins ouvrirent successivement leurs portes et donnèrent à l'envi
les uns des autres les fêtes les plus coûteuses. Ce genre de
spéculation ne s'arrêta pas à Paris, on voulut appeler les
curieux au-delà des barrières, ainsi par exemple un M. St-
Simon fit bâtir, dans la plaine des Sablons, un Wauxhall
d'un genre pittoresque, on y planta à grands frais des
arbres de toute espèce, on y éleva des cafés, des kiosques,
des salles de danse, en un mot, rien n'y manqua...... que
le public, fort peu soucieux de traverser alors une plaine
aride, dépourvue d'ombre et qui ne devait avoir une population que cinquante ans plus tard.

Le sort de Saint-Simon fut celui de bien des directeurs,

aussi chantait-on au Vaudeville, ce théâtre qui frondait alors avec tant de malice et d'esprit tous les travers de l'époque, ce couplet qui peint si bien la satiété du public, et l'erreur dans laquelle on était tombé en ouvrant dix fois plus de jardins qu'il n'en fallait pour la population parisienne :

Air : *Il pleut, il pleut, Bergère.*

A Paphos on s'ennuie,
On déserte Monceaux,
Le jardin d'Idalie
Voit s'enfuir ses oiseaux ;
De la foule abusée
J'ai vu les curieux,
Bâiller dans l'Élysée
Comme des bienheureux.

Mais un abus ne saurait faire loi, et il ne doit pas résulter de ce qu'une chose a été mal dirigée pour qu'on y renonce entièrement ; deux causes ont milité contre la plupart des jardins : leur nombre poussé à l'excès, et le manque de tact de leurs administrateurs ; aussi fallait-il plusieurs années de clôture pour que le goût de ce genre d'amusement reprît faveur dans la haute société, c'est ce qui arriva quand les Montagnes-Russes et le Tivoli de la rue de Clichy ouvrirent successivement.

Bientôt tous les quartiers revirent de nouveaux jardins

1*

et de nouveaux bals d'été, les Champs-Élysées et les
abords de l'avenue de Neuilly ne pouvaient manquer d'en
avoir un bon nombre qui, joints à ceux déjà existants, au-
raient pu à eux seuls offrir un asile à toutes les classes de
la société parisienne ; parmi les bals qui avaient survécu au
premier abandon il fallait citer dans les Champs-Élysées,
le jardin d'Isis, qui n'avait d'égyptien que son enseigne, le
salon de Mars et surtout le salon de Flore, dont les gro-
gnards de la garde impériale et leurs robustes cuisinières
avaient inauguré les beaux jours ; les grenadiers Suisses
voulurent s'y introduire un peu plus tard, mais nos cor-
dons bleus sont des patriotes renforcées, elles furent fidèles
à leurs pays, et les habits rouges ne trouvèrent dans ce
séjour, naguère si paisible, que des rebiffades et des coups
de sabre, au lieu de rigodons mouchetés, de cuisses de vo-
lailles et des joyeux profits qui résultent d'une intrigue
basée sur la danse.... de l'anse du panier.

Comme les plus belles estafilades ne sont pas du goût
de tout le monde et que l'empire de Terpsichore ne peut
fleurir qu'au sein de la paix, le salon ferma boutique et
est remplacé maintenant par une belle et pacifique maison.
Quant au salon de Mars, il a toujours été le refuge des livrées du noble faubourg ; seulement du temps de l'Empire
la majorité des habitués baragouinait allemand, sous la
Restauration on y baragouinait allemand et anglais, puis
un beau jour, au milieu du cancan le plus échevelé, le

chahut le plus ébouriffé, une voix s'éleva comme celle du
jugement dernier, et le salon de Mars disparut, comme son
voisin le salon de Flore, pour subir la transformation à la
mode, c'est-à-dire devenir une belle et grande maison.

Tandis que tout ceci avait lieu pour des bals secon-
daires, on voyait aussi se fermer de nouveau ceux qui venaient d'obtenir une vogue aussi brillante que passagère,
de sorte que la bonne compagnie qui aime les jardins et
les bals paisibles, se trouva encore une fois sur le point
d'être privée de l'un de ses plus chers délassements.

La danse elle-même, le choix des pas avaient subi l'influence des temps et de l'époque : aux prétentieux menuels,
aux contredanses guindées d'autrefois, avait succédé vers
la fin du siècle dernier la walse aux gracieux contours, la
walse russe plus animée et les pas relevés de la sauteuse,
la contredanse admettait encore des pas ; la walse continua à dominer sous l'empire, mais sous la Restauration on
oublia de danser, les gens tranquilles ne firent bientôt
plus que marcher, les étourdis risquèrent des pas excen-
triques et parfois révoltants, maintenant la danse a repris
un caractère plus prononcé, et l'on dirait à voir danser,
même les gens d'une condition secondaire, que le goût des
belles manières cherche à s'infiltrer plus que jamais dans
tous les rangs de la société ; ce serait un progrès d'autant
plus important à signaler que l'on peut tout aussi bien s'a-
muser en dansant décemment qu'en se livrant à des

gestes sans nom. Que *Pritchard*, l'intraduisible danseur,
dont nous aurons à parler bientôt, jette ses pieds pardessus
sa tête, libre à lui, mais il n'y a que deux Pritchard au
monde, sautant chacun à leur manière, point n'est besoin
qu'ils trouvent des imitateurs.

Mais ce nom de Pritchard rappelle nécesssairement celui
de la reine POMARÉ, et ce dernier le nom de MABILLE, le
séjour charmant où ces deux grands personnages ont eu
l'insigne honneur de recevoir leurs noms célèbres et les
prémices d'une gloire qui survivra sans doute aux siècles
les plus reculés ; après avoir jeté un rapide aperçu sur
l'existence et l'origine des jardins publics parmi nous,
parlons de celui de MABILLE, puisque c'est à la fois l'un des
mieux situés, l'un des plus jolis et surtout l'un des plus
fréquentés.

UN PREMIER PAS DANS LE BAL.

RECHERCHES HISTORIQUES.

Ce fut Catherine de Médicis, de sinistre mémoire, mais qui à çà près de son astuce et de sa méchanceté n'était pas une femme dépourvue d'esprit et de goût, qui fit planter le Cours-la-Reine sur une longueur de 1,540 pas, entre la route de Versailles qui suit la Seine et les terrains vagues dont Louis XIV fit, en 1760, les Champs-Élysées, en y établissant, d'après les dessins de Lenôtre, un vaste quinconce à travers lequel passe la grande route de St-Germain. A partir de la place de la Concorde, jusqu'au rond-point des Champs-Élysées d'une part, et de l'autre à la pompe à feu, l'espace qui sépare les deux routes que nous venons de citer s'élargit progressivement en formant une équerre fermée au bout par une avenue ombreuse et dont le nom, tout-à-fait mélancolique, semble devoir disposer à de touchantes émotions... Cette avenue s'appelle l'Allée des Veuves!... — Oh! mais que ce mot ne vous inspire aucune crainte, Mesdames, et vous, Messieurs les cavaliers, dont la sensibilité égale le courage et la galanterie, n'allez pas croire que, d'accord avec son nom lugubre, cette

double ligne d'arbres touffus ne soit fréquentée que par de
tristes femmes au teint plombé par la douleur, aux yeux
affaiblis par les larmes... Nul tombeau ne peut vous apparaître sous les massifs du voisinage, nulle inscription funé-
raire ne vient implorer de vous un souvenir, une prière...
la brise du soir ne vous apporte ni gémissements, ni sou-
terraines émanations : en parcourant l'Allée des Veuves,
le silence le plus profond ne règne pas toujours autour de
vous, les échos peuvent vous transmettre des paroles mys-
térieuses, peut-être même quelques soupirs; mais tranquil-
lisez-vous, et soyez sûrs, dans tous les cas, qu'ils s'échap-
pent bien plutôt du cœur de quelque veuve consolée, que
de quelque Mausole désolée; vous pouvez continuer votre
route jusqu'aux rives du fleuve et pour le peu que vous
ayez du penchant à la méditation et du goût pour les beaux
vers, vous serez parfaitement libre de dire avec l'auteur
du *Chant du Départ*, tout en regardant couler l'onde qui
marche :

> Roule avec majesté tes ondes fugitives,
> Seine, j'aime à rêver sur tes paisibles rives,
> En laissant comme toi la reine des cités.
> Ah! lorsque la nature à mes yeux attristés,
> Le front orné de fleurs, brille en vain ravissante;
> Lorsque du renouveau l'haleine caressante
> Rafraîchit l'univers de jeunesse paré,
> Sans ranimer mon front pâle et décoloré ;
> Du moins auprès de toi que je retrouve encore
> Ce calme inspirateur que le poète implore
> Et la mélancolie errant au bord des eaux.....

Mais vous n'aurez pas terminé votre touchante invocation
que des sons lointains frapperont votre oreille, et vous
ramèneront pour ainsi dire sur vos pas ; il est bien en-

tendu que la nuit sera close alors tout-à-fait, que le bruit
de nombreux équipages viendra se mêler aux notes fu-
gaces d'un orchestre parfait et que bientôt, à la lueur d'un
brillant éclairage, vous distinguerez des groupes de femmes
belles, sans doute, car une démarche svelte est toujours
le précurseur de la beauté, comme la recherche des toilettes atteste de l'opulence et surtout du goût.

Où serez-vous alors, où s'arrêteront instinctivement vos
pas? — Devant MABILLE, devant l'entrée du jardin où
femmes élégantes, déités de notre époque, dandys du
Jockey Club, habitués de notre grand Opéra, et familiers
des salons aiment tant à se donner rendez-vous.

Dès le *premier pas* que l'on fait dans ce séduisant séjour,
pour rappeler le mot qui sert de titre au présent chapitre,
on est agréablement surpris de la tenue distinguée, du
confortable que l'on a su y entretenir. Il y a tout à l'heure
quatorze années que cet établissement est ouvert, juste
au temps où d'autres jardins, beaucoup plus spacieux que
ne l'était celui-ci, jouissaient d'une vogue qui ne fut que
passagère; modeste et resserré dans d'étroites limites, le
jardin Mabille ne semblait destiné qu'à glaner sur les
traces de ses grands concurrents. Avec de la tenue, des
entrées peu dispendieuses, il se soutint cependant tandis
que ses rivaux éprouvaient d'horribles catastrophes; une
jeune direction vint en aide à celle qui avait su prolonger
l'existence du bal, des idées nouvelles surgirent et fécon-
dèrent les fruits de l'expérience, le nom de Mabille, connu
dans les arts, aimé, apprécié par la manière dont était
conduite l'administration qui le portait, ne dût pas changer
à l'arrivée des nouveaux auxiliaires, c'était des enfants qui
venaient succéder à leur père; depuis lors tout prit une
tournure nouvelle, les améliorations se multiplièrent, le

jardin prit des dimensions qui rendait indispensable l'affluence d'un public plus nombreux et plus brillant. Cependant on voulut moins faire appel à la foule qu'à un public d'élite, bref, le prix des entrées subit une raisonnable augmentation et jamais mesure ne fut plus efficace, puisque d'une part elle ne permit plus à de certains visiteurs de se montrer encore, et que de l'autre elle eût pour résultat de composer un orchestre modèle, formé d'artistes éprouvés, parmi lesquels on compte quatre premiers prix du Conservatoire, savoir : Bohler pour la flûte, Trien pour le piston, Heltrick et Tuberg pour les clarinettes.

Inutile d'ajouter que le chef de ces habiles exécutants, M. Pilaudo, ne livre aux habitués que les airs les plus nouveaux, les quadrilles, les mazourkas, les polkas, les walses de nos premiers compositeurs.

Ce jardin est le premier où l'éclairage au gaz ait été distribué sur une grande échelle; ici le nombre des becs ne s'élève pas à moins de 250; rien d'ingénieux et de coquet comme les palmiers qui entourent le rond-point de la danse, à distance du kiosque où se trouve l'orchestre; les autres parties du jardin sont éclairées avec un faste non moins bien combiné; il se trouve de tous côtés des cercles, des salons de verdure, dont la pudeur pourrait s'effrayer, d'une part, si les rayons lumineux n'y pénétraient pas suffisamment, et de l'autre, si à force de mettre ses frais réduits trop à découvert, il n'était pas possible de s'y dérober à des regards trop indiscrets; la vertu la plus pure aime parfois un demi-jour; tout a donc été prévu pour ce double motif, la lumière est distribuée de telle sorte qu'il n'est pas un seul endroit qui soit trop sombre et on ne saurait en indiquer un seul où un jour trop incisif puisse péné-

MABILLE.

trer à travers les voûtes onduleuses des acacias, des pla-
tanes et des ébéniers.

On voit que le progrès est venu s'emparer de ce joli séjour, et que rien n'a été épargné pour rendre ce dernier
digne de la faveur dont il est plus que jamais l'objet ; nous
ménagerons ici la modestie de MM. Mabille fils à qui sont
dus tant de changements , en citant ce qu'ils ont fait, en
constatant leur réussite, nous croyons faire de ces Messieurs l'éloge le plus franc et le plus complet.

L'ANCIEN ET LE NOUVEAU MONDE.

Point n'est besoin, d'après ce que nous venons de dire,
d'insister sur le changement notable qui s'est opéré dans
le personnel des visiteurs depuis, qu'obéissant au vœu de
l'époque, l'administration de Mabille a métamorphosé pour
ainsi dire son jardin, et fait en quelque sorte l'Eden de la
polka du modeste *retiro*, où naguère le galop échevelé, le
cancan peu déguisé, avaient trouvé un refuge et de fou-
gueux pontifes.

Nous n'entendons point faire ici la critique des habitués
d'autrefois, nous ne dirons pas un mot de la désertion des
uns et nous garderons un silence de convenance sur la
conversion des autres. D'ailleurs, dès autrefois quelques
jolies femmes ne redoutaient pas de se rendre à Mabille
dont l'orchestre, cette première cause de succès, a tou-

2.

jours été d'une excellente composition, soit dit sans le
moindre jeu de mots. Quand Cécile d'Harcourt était vraiment jeune, avant qu'elle ne devint l'impératrice reine
des délassements comiques de par le bon vouloir d'Edmond Ier, l'ex-Napoléon du Cirque-Olympique , avant
qu'elle eût joué la *Fille du Ciel*, elle venait souvent à Mabille, ce qui ne veut pas dire qu'elle n'y paraisse pas encore ; tout en se croyant une artiste pour tout de bon, et
une actrice de premier ordre, comme le disaient les ré-
clames que son obéissant régisseur faisait insérer dans
certains journaux, Cécile a conservé un goût prononcé
pour les commis-marchands ; or, s'il ne vient plus tant de
ces Messieurs (des petits commis, s'entend), au bal de
l'Allée des Veuves, si maintenant on y rencontre plutôt
les patrons que leurs employés, l'ex-impératrice des délassements n'a pas un assez mauvais caractère pour être
fâchée du changement... Il y a des fabricants de dentelles
pour le moins aussi galants que leurs élèves, on en peut
dire autant des fleuristes en gros et demi-gros qui sura-
bondent en ce moment autour du kiosque harmonieux,
et Cécile aime autant les fleurs que les berthes et les
écharpes de point d'Alençon ; elle est en cela de l'avis de
Charlotte, des sœurs Léon, de Clara Fontaine, de Marie
Marquette, de Maria, des trois Fauchon , et de cent autres
beautés qui se donnent toujours rendez-vous dans cet aimable séjour.

Rien n'est stable dans ce monde, tout doit changer
d'aspect et de face en un certain laps de temps, dépérir,
disparaître ou graviter et atteindre un brillant apogée :
cette dernière transformation, qui est la plus consolante,
est arrivée pour l'établissement Mabille , puisqu'il n'a
jamais été plus en voie de prospérité qu'aujourd'hui, elle a

ca lieu aussi pour un certain nombre de ses habitués.
pour une portion de son ancien monde. Dame! il y a quatorze ans, Boisgontier était encore jeune et jolie; pauvre
fille dont l'existence bizarre, si naïvement racontée dans
la *Biographie des acteurs et actrices*, a eu à subir des phases
étranges, elle n'avait pas encore vu des rides s'amonceler
sur son front, et c'était de tout cœur qu'elle venait pincer
le cancan avec Esther, qui alors n'avait pas encore débuté
sur le théâtre de Tivoli, et risquer le galop, dit-on, en
présence de son ancienne compagne d'enfance et d'in-
fortune, Mme Amélie Millet, l'ex-limonadière qui est fort
riche actuellement, suivant certains rapports, et pour laquelle D..., l'agent de change, s'est brûlé la cervelle.

Que d'étoiles éclipsées depuis lors!... Qu'est devenu, par
exemple, certain autre agent de change qu'une culbute
presque soudaine a coulé bas au bout d'un mois à peine
de possession de sa charge? — Il fait des portraits au
daguerréotype à présent, a oublié sa pauvre Nini qui aimait tant la walse à deux pas et les nuits du café anglais,
mais en échange il a les cheveux gris, une femme laide,
trois enfants, et la misère pour inséparable compagne!
Qu'est devenu aussi M..... le coulissier, celui à qui la
grosse Zoé, la Flore du théâtre Molière, faisait faire tant de
folies? — Il a fait un coup de tête, il s'est jeté à corps
perdu dans la bande noire des démolisseurs; il est maintenant, lui jadis si mince et si sémillant, le plus lourd, le
plus épais des spéculateurs, la fortune a changé sa corpu-
lence, son esprit et son cœur. Il n'a ni enfant ni famille,
il n'accorderait pas un grenier à la pauvre Zoé, mais en
revanche, une ancienne figurante de Bobineau, devenue
dévote, s'est instituée sa gouvernante et son majordome,
le conduit par le bout du nez, et le gruge au profit du

plus beau suisse de toutes les paroisses de Paris; Zoé est bien vengée!

Nous n'en finirions pas si nous voulions énumérer toutes les circonstances qui ont contribué à changer, à renouveler la clientèle de Mabille, que d'anecdotes, que de faits bizarres, quelles transformations!... Des garçons tailleurs devenus millionnaires, des grisettes qui roulent carosse et sont dames de charité, des coiffeurs qui sont aujourd'hui des éligibles, et des divinités qui tirent matin et soir le cordon, puis des fils de famille qui vendent des chaines de sûreté!... Que de contrastes, que de commotions!... Mais encore une fois nous avons jeté un coup d'œil sur le monde d'autrefois, laissons-le donc avec sa bonne et sa mauvaise fortune, Pilaudo a donné le signal, hâtons-nous, parcourons les groupes, assistons aux premiers quadrilles, l'assemblée est nombreuse, il y a foule, mais il n'y a pourtant pas encombrement : en un clin d'œil on reconnait que l'on se trouve au milieu d'hommes du monde ; les belles manières de ceux-ci ont contribué à expulser la grande Mariette Chevrier, l'une des plus intelligentes et peut-être la plus paresseuse de toutes les couturières, la rousse Justine, si niaisement prétentieuse et souriant d'un air hébété toutes les fois qu'un mauvais plaisant, P.....t, l'agent d'affaire, lui déclarait que sa chevelure, couleur de chiendent, était d'un blond royal; et Estelle, dont la tournure était celle d'une borne milliaire, et Adèle, l'ex-chamareuse, à qui l'un de nos premiers compositeurs s'avisa de donner voiture, mais qui maintenant pique des brodequins, et Rachel, la fumeuse, qui toute fière de porter un pareil nom, tourmente encore A. de V..., pour la faire débuter dans l'emploi que tient aux Français l'ex-pauvre petite chanteuse, et cent et cent autres femmes ont déserté

Mabille pour céder le pas à d'autres femmes qui ont au
moins le bon esprit de savoir qu'on ne peut plaire à des
hommes de goût qu'en adoptant de bonnes manières,
nous n'entendons pas proscrire pour cela le laisser-aller
sans lequel, au lieu de piquantes lorettes, on n'aurait que
d'insupportables prudes, mais nous dirons qu'avec du tact
et une certaine retenue, on pourra toujours trouver le
moyen de recueillir des hommages et du plaisir.

LES HABITUÉS.

L'habitude est dit-on une seconde nature ; il faut croire
non seulement à la véracité de ce dicton, mais il faut
ajouter que presque tous les hommes sont aptes à con-
tracter des habitudes, lesquelles dégénèrent nécessaire-
ment en impérieuse nécessité ; n'a pas des habitués qui
veut, tous les établissements pourraient et devraient en
avoir et tous n'en ont pas ; c'est pourtant là l'une des plus
sérieuses bases de la prospérité. Du temps que l'Académie
royale de musique était entre des mains capables, alors
que le Vaudeville ne sortait pas de son genre et n'affublait
pas son Pégase d'un cotillon, à l'époque où les Variétés
donnaient des pièces pétillantes et spirituelles, chacun de
ces théâtres pouvait compter sur une cohorte compacte
d'habitués ; il n'y a pas jusqu'aux théâtres populaires qui en

aient; nous avons vu de bonnes gens avaler pendant cent
quinze fois l'older et le chien de Montargis; si M. Edmond
le voulait, il aurait des habitués aux Délassements, en
dépit de ses pièces et de ses jeunes premières; pareille
chose a lieu pour les jardins et les bals, entrez n'importe à
quelle époque chez Mabille, vous y verrez deux sortes d'habitués, ceux qui dansent toujours et ceux qui ne dansent
jamais. — Les uns sont jeunes, les autres un peu sur le
retour, les uns jouissent par les jambes, les autres par les
yeux et tous seraient malades s'ils manquaient une seule
fois de venir fumer leur cigarre ou polker. Du reste les
deux catégories s'entendent à merveille, et si l'on voit
d'honorables rubans à la boutonnière de certains visiteurs,
si des fleurs symboliques sont seules portées par les jeunes
gens, il est facile de reconnaître que de part et d'autre on
est satisfait de se retrouver dans un lieu où président l'esprit des convenances et une véritable urbanité.

LES FIDÈLES.

Notre langue française est terrible par son positivisme,
chaque mot a son sens exceptionnel et exprime tout juste
une idée, c'est la langue de la logique et du rationalisme, il
faut la connaître bien à fond, l'avoir mille fois analysée,
déchiquetée, scalpée pièce à pièce, syllabe par syllabe pour

oser l'employer, c'est ce qui a fait dire à des gens superfi-
ciels que c'était une langue pauvre, parce qu'elle n'avait
pas un équivalent, pas un pauvre petit synonyme ; nous,
soit esprit de nationalité, soit par conviction, nous la trouvons là plus riche de toutes parce qu'avec elle il n'y a pas
à hésiter :

On nomme un chat un chat et ..... un fripon,

Qui pourrait se douter que cette grave exorde nous con-
duise tout droit sous les ombrages balsamés de Mabille ? —
Mais tout chemin mène à Rome, et à plus forte raison à
l'Allée des Veuves, c'est moins loin et c'est plus gaï : deux
profits pour un.

Or donc, nous venons de parler des *habitués*, maintenant nous voulons dire un mot des *fidèles*, ce n'est donc
pas la même chose ? — Tant s'en faut. — Tous les fidèles
sont des habitués, sans nul doute, mais ces derniers, que
l'on voit tous les soirs, qui ne manquent jamais de danser
sous le même palmier, de s'asseoir sur le même banc ne
sont pas des *fidèles?* cependant... — Oh ! cependant, il est
très bien à eux d'élire domicile quatre fois par semaine
auprès du billard où l'on gagne des roses et des pralines,
devant les chevaux de bois ou dans le treillage qui entoure
l'orchestre, mais le beau titre de *fidèles* ne leur appartient
rigoureusement pas. — Dieu ! que c'est beau la contro-
verse, et que ceux-là qui ont inventé la scolastique et
fondé la Sorbonne étaient de grands hommes, depuis Guil-
laume de Champeaux et Abeilard, son élève, jusqu'à
M. M. C. V. et autres grands penseurs ! mais qu'entendez-
vous par votre sublime mot : les *fidèles ?*

— Les fidèles sont ceux qui jouissent dans le monde
d'une réputation transcendente, les uns par leur élégance,
les autres par la manière dont ils dansent, d'autres par leur

excentricité, les femmes par leur beauté ou les épisodes de
leur existence; recherchés pour ces différentes causes, faisant sensation partout où ils paraissent, hommes à part
et jolies femmes sont demandés de tous côtés, c'est à qui
voudrait les amener dans d'autres réunions où des couronnes seraient disposées pour eux; mais les uns et les
autres méritent le titre de *fidèles*, quand au lieu de se montrer ingrats envers le berceau de leur gloire, ils y reviennent
sans cesse comme dans un saint bercail, et que loin de
briguer ailleurs des ovations passagères, ils s'en tiennent à
continuer de briller là où eurent lieu leurs premiers succès.

Or donc, s'il est quelqu'un qui mérite ce beau titre de
fidèles chez Mabille, c'est Rose POMPON, la plus fraîche, la
plus acorte de toutes les déités qui s'y donnent rendez-
vous; c'est d'elle que le comte de R. disait l'autre jour:

> Avec son œil fripon,
> Sa tournure coquette,
> Dites, Rose Pompon
> N'est-elle pas parfaite?
> Justifiant son nom
> Par le mot et la chose,
> Entre toutes, Pompon, brille comme une rose,
> Et sait, dans l'art de plaire, obtenir le pompon.

POMARÉ compte parmi les fidèles, mais comme c'est une
majesté nous parlons d'elle dans un prochain chapitre. Il
en est de même de PRITCHARD, l'homme sans nom,
l'homme sans titres, l'homme sans pareil..... chez Mabille!

Le nombre des fidèles est trop grand pour que nous les
citions tous, nous allons indiquer les sommités et s'il s'élève
des réclamations nous y ferons droit dans une prochaine
édition.

Nous citerons donc Céleste Mogador, bien nommée,
car si l'empereur du Maroc la possédait dans son harem, il
n'hésiterait pas à la prendre pour la plus belle des hourris.
— Mariana au regard sévère; mais elle prouve, dit-on, que
les yeux ne sont pas toujours le miroir du cœur. — Les
trois Fauchon, trois sœurs ainsi partagées : deux sont jolies, une est aimable, compensation. — Florentine, c'est
un nom qui promet, au dire de notre ami R... de B..... —
La *Madone* a disparu de chez Mabille; mais elle est rempla-
cée par Louise Teillier, et personne ne s'en plaint. — Sophie
la Bavarde peut, il est vrai, aimer à trop parler; mais quoi?
serait-on femme et muette? anomalie. — Pauline Meyer,
Arsène Chaumont, Titine Lafont, Blanche Colbert rivali-
sent de malice et d'entrain. — Les deux sœurs Léon, ex-
actrices de Beaumarchais, eussent fait la fortune de ce
théâtre, si celui-ci avait la moindre chance de réussir ; il
est facile de reconnaître ces deux jolies sœurs : elles sont
presque toujours en robes bleu de ciel, c'est la couleur
des anges. — Nous avons cité Maria, elle mérite sous tous
les rapports une double mention ; mais nous nous aperce-
vons que notre liste s'accroît et que l'espace va nous manquer; nous avons promis une seconde édition, espérons
qu'alors nous serons plus à même de citer tout un essaim
de beautés fidèles.... à Mabille.

Quant aux cavaliers, force nous est aussi de n'en nommer que quelques-uns : Pritchard et Bredidy, les deux rois
de céans, ont leur article à part dans un compte-rendu des
grands dignitaires, (*voir plus loin, page* 27).

Mais nous découvrons là-bas, là-bas, un homme à face
rubiconde, aux yeux bien fendus et à fleur de tête, ayant
le sourire toujours sur les lèvres, la démarche et les allures
d'un Roger Bontems, son costume est comme sa personne,

sans façon, son chapeau gris est posé en arrière de sa grosse
tête, et met en vue le front le plus développé ; un paletot
grec laisse en toute liberté sa rondelette bedaine... La polka
va commencer, déjà les pieds grillent à notre bon viveur,
ne soyez donc pas surpris s'il lance à Pilando, mais d'une
voix de Stentor , cette joyeuse apostrophe que suit un
bruyant éclat de rire : *Mais allons donc, l'Amour!!!* — Pour
cette fois, vous l'avez reconnu : c'est CHICARD, Chicard, dont
le nom est devenu plus qu'européen, Chicard, le bon, l'infatigable apôtre de la goguette et de l'épicurisme!..... Vient
ensuite ce même comte de R.... dont nous citions les vers
tout à l'heure à propos de Rose Pompon, aimable écrivain
dont la plume élégante est le plus ferme soutien de l'un
de nos meilleurs journaux de littérature, homme à prin-
cipes, il prétend ne jamais danser sans que sa dame soit
pourvue d'un bouquet , aussi la gentille bouquetière de
Mabille a-t-elle surnommé notre comte le *marquis de la
Providence.* — M. de V..... est, dit-on, redoutable pour
toutes les belles, et s'il fallait compter ses conquêtes par les
grains d'un chapelet, on arriverait à tripler et quadrupler
les *ave*, seulement il n'y a que lui qui chante ses victoires,
et plus d'une jolie femme à laquelle il adressait ses hommages lui a rappelé tout bas certaine rencontre dans les
cabinets particuliers de Doyen... — Quant au général ***,
si facile à reconnaître par son accent méridional, par la recherche avec laquelle il tâche de dissimuler son faux tou-
pet, ses rides naissantes, et la blessure qu'il reçut au genou,
il n'est pas une lorette qui ne sache à quoi s'en tenir sur
ses petit soupers et les parties de campagne dont il fait les
honneurs en véritable chevalier français. — A cette liste
déjà si longue, il serait facile d'ajouter bien des esquisses,
bien des portraits; mais d'une part il faut abréger et d'une

autre il faut laisser quelque chose à désirer sur le compte
des *fidèles* de Mabille ; le lecteur qui voudra de plus amples
détails n'aura qu'à interroger l'une de ces dames, et sans se
confondre en prières pour la faire parler, il en saura bientôt
autant et plus que nous.

LES OISEAUX DE PASSAGE.

Gens du bon ton, galants auprès des dames,
Et qui souvent surprenez leurs faveurs,
Dans vos discours insolents et moqueurs
Vous dénigrez, vous outragez les femmes.
Celles qu'Amour jeta dans vos filets,
Que vous avez ou que vous avez eues,
Celles aussi que vous n'aurez jamais,
Celles encor qui vous sont inconnues,
Toutes enfin à vos malins propos,
Servent de texte, ou véritable ou faux.
Hommes ingrats! forts de vos priviléges,
Pour triompher de leur faible raison,
Vous osez tout; de la séduction
Devant leurs pas vous semez tous les piéges :
Les soins adroits, les transports renaissants,
Et la louange et la gaîté folâtre,
Et les soupirs plus doux et plus touchants,
Rien n'est omis; elles ont à combattre

Tout à la fois, vous, leur cœur et leurs sens :
Et votre bouche accuse leur faiblesse?
Et sans profit souillant votre bonheur,
Méchants et vils, à leurs tendres caresses
Vous imprimez un sceau réprobateur !
Lâches ingrats ! corrigeant son ouvrage,
Si la nature, à ce sexe charmant,
Voulait donner votre force en partage,
On vous verrait changer timidement,
Non pas d'esprit, mais au moins de langage
Que le mépris soit votre châtiment;
Il vous est dû : certains que la vengeance
Ne suivra pas une facile offense,
Vous outragez ce sexe désarmé,
Flatté toujours et toujours opprimé.
Par ses refus du moins qu'il vous punisse;
Pour vous, lecteur, aux femmes plus propice,
Sur leurs erreurs fermez vos yeux discrets,
Et de l'Amour respectez les secrets.

En traçant ces vers Parny semble avoir fait le portrait de ces oiseaux de passage qui viennent s'abattre pour un instant partout où ils s'imaginent trouver une pâture facile, vrais pandours; tout leur est bon, et si on les laissait faire ils gaspilleraient sans pitié l'espoir des plus belles récoltes; tels sont certains hommes qui n'apparaissent chez Mabille, comme dans toutes les réunions du même genre, qu'à des époques indéterminées; du reste les *oiseaux de passage* sont de deux sortes bien distinctes à l'Allée des Veuves. La première se compose de ces loustics de la bourse, courtiers marrons, menue-monnaie d'agent de change, furets de

la coulisse, qui n'ont le cœur tendre qu'après un report
avantageux ou une fin de mois grassement réalisée, l'a-
mour ne fait palpiter leur cœur que lorsque leur bourse
est garnie, et le beau sexe n'a pour eux d'attraits que
lorsque les chemins de fer ont bien donné. C'est alors que
vous les voyez arriver chez Mabille, c'est alors qu'ils rôdent
autour de l'orchestre, comme le chacal autour de la tente
de l'Arabe, comme le loup autour de la bergerie, s'ils ont
l'œil sanglant du premier, ils ont la tournure sauvage du
second ; malheur à l'innocente brebis qui s'écarte du
troupeau, qui se laisse tomber entre leurs griffes acérées...
Plaignez-la, grand Dieu ! si elle ne sait pas se défendre !...
Elle disparaîtra soudain pour ne plus reparaître que dans
un cabinet particulier chez Véfour ou à la Maison dorée,
ce fatal et brillant séjour où succombent chaque nuit tant
de victimes.

La seconde espèce d'oiseaux de passage est, à l'excep-
tion de quelques Russes aux gauches révérences, de quelques Anglais lourdement gloutons, beaucoup moins vorace
que la première, elle se compose en général de curieux
et de curieuses, de braves provinciaux qui ont lu dans les
feuilletons boursoufflés de MM. tels et tels, de madame ***,
ou d'un autre bas-bleu de même force que la reine Pomaré dansait la polka d'une manière étourdissante, que
Thérèse usait les anciennes robes de sa majesté, que
Louise-la-Balocheuse était régulièrement enlevée tous les
samedis par l'un des habitués de la *loge infernale*..... de
l'Opéra, etc., etc, — Ces braves gens trouvent donc tout
naturel, après avoir visité les curiosités de Paris, de venir
chez Mabille ; dame ! Il faut les voir chercher les bonnes
places et s'entasser par familles dans le grillage de l'orchestre, papas, mamans, grandes filles bien sottes, grands

dadets de cheveux, tout cela ouvre une bouche comme un
four, des yeux comme des soupiraux de cave. — Pomaré
paraît, Rose arrive, Maria survient, un cortége entoure
ces charmantes femmes, la polka s'exécute avec grâce,
avec art, les connaisseurs applaudissent à l'exquise légè-
reté, au charme avec lequel nos aimables sylphides ont
dansé, mais nos épais oiseaux se sont bien gardé de reconnaître Pomaré et ses compagnes, ils avaient vu d'elles des
caricatures et non des portraits, aussi est-ce amusant de
voir nos gens inquiets, désapointés, interroger les pas-
sants, les musiciens, les employés; mais quand enfin ils
sont à peu près renseignés, la scène change et les figures
prennent une autre expression, les papas qui ont parfois
été des *gaillards*, ne peuvent s'empêcher de sourire de con-
voitise à la vue de ces jolis minois, parfois même ils en
font l'éloge tout haut; pour cette fois la mine des mamans
se contracte, les grandes filles prennent un air plus gauche
que de coutume, parfois une réponse sèche et hargneuse
s'échappe des lèvres vibrantes des dames d'âge, le signal
du départ est incontinent donné, on se retire donc, les
mamans en maudissant les jolies femmes, les papas en
établissant *in petto* des différences trop réelles entre ces
dernières et leurs revêches compagnes, les grandes filles
en se promettant bien de raconter dans leur pension combien il y a de beaux cavaliers à Mabille, et les grands garçons en soupirant de manière à oublier leurs études, car
les pauvres écoliers ne songent plus qu'à envoyer par la
petite poste une déclaration brûlante, formulée en grec ou
grossayée en vers latins à chacune de ces polkeuses dont
le souvenir va les poursuivre dans tous leurs rêves.

LES GRANDS DIGNITAIRES.

Les Grecs et les Romains..... Oh! mais pardon, mesdames, mon but n'est pas de faire ici de l'érudition pédantesque, et je serais désolé de vous faire dire, à propos de mon tout petit livre,

Qui me délivrera des Grecs et des Romains!...

Je ne voulais citer que les deux peuples qui ont rêvé le plus l'*égalité absolue*, pour combattre ici par de nombreux exemples ce que tous les esprits sains et les plus loyaux partisans du régime suivant la loi ont considéré comme la plus fausse de toutes les utopies. — Non, l'égalité ne saurait être que relative, j'en jurerais par David enfant, venant à bout de décapiter Goliath, j'en jure par les jolis yeux de Rose Pompon, par les traits majestueux de Maria, par les bras télégraphiques de Pritchard!..... Non, tous les hommes n'ont pas un mérite égal, une force égale, autant d'esprit, de sens, de raison ou de folie les uns que les autres. Buonaparte était né pour commander, Roustan, son mameluck, pour être un esclave, Bredidy pour être l'un de nos plus charmants walseurs, Thérèse pour être la très humble suivante de sa majesté Pomaré, et ainsi de suite; avant donc qu'on n'eût inventé des grades et des rangs il y avait déjà une aristocratie de fait. ceci a lieu partout, même chez Mabille, où sous les plus frais ombrages se trouvent aussi d'humbles sujets et de grands dignitaires ; comme ce charmant séjour est situé en France et qu'ici la galanterie n'admet la loi salique que pour le château des Tuileries, nos premiers potentats sont des femmes, à elles l'empire absolu, à elles le droit d'élever en dignité qui bon lui semble.

La souveraine de céans est donc la reine POMARÉ. D'où lui vient ce nom qui *frise* la politique ? C'est ce que nous ne chercherons pas à approfondir, nous imiterons en cela notre confrère Eugène Sue, l'auteur du *Juif Errant*, il s'est contenté de célébrer notre Pomaré sans entreprendre de vaines investigations à propos de son nom. Quant à son origne, c'est autre chose, bien des biographes ont noirci du papier et pâli sur leur besogne sans venir à bout de le dire ; plus heureux qu'eux nous croyons tenir son arbre généalogique, grâce à l'inépuisable obligeance d'un homme qui l'a fait danser enfant sur ses genoux, de M. de C..., l'un des meilleurs amis, l'un des plus anciens collaborateurs de l'auteur du *Dîner de Madelon* et de trois cents autres ouvrages, en un mot de Marc-Antoine Désaugiers, d'aimable et de spirituelle mémoire : tout ceci nous amène au Cirque de Franconi, pépinière où sont écloses, où ont grandi tant de beautés remarquables.

Or donc, tous les vieux amateurs de théâtres se souviennent encore du Cirque que Franconi père avait ouvert au commencement du siècle actuel, vers le coin du jardin des Capucines et du boulevard, sur l'emplacement où l'empereur fit ouvrir la *rue Napoléon* dont le nom a été changé en 1814 contre celui de la *rue de la Paix*, nom qui subsiste encore aujourd'hui ; le vieux Franconi était entouré de ses fils qui devinrent les plus habiles écuyers de

leur époque. Ayant obtenu plus tard d'ajouter un théâtre à
leur cirque et d'y donner des mimodrames, ils ouvrirent la
vaste salle du Mont-Thabor, près la rue Saint-Honoré.
Là, parmi une foule d'écuyères luttant d'adresse, de grâce
et d'attraits, le public remarquait Mme Minette Franconi; il est difficile, en effet, de trouver une femme plus
accomplie; par malheur elle se blessa si cruellement dans
ses exercices qu'il lui fût désormais impossible de remonter à cheval, mais si elle était perdue pour le cirque, elle
ne le fut pas pour le théâtre où elle prit les premiers rôles
de manière à laisser des souvenirs dans nombre d'ouvrages, tels que la *belle Euriant*, *Gérard de Nevers*, etc., etc.
Tous les artistes semblaient alors rivaliser de zèle dans
cette administration, et leur union doublait leur talent ;
le chef d'orchestre, Sergent, rendait pour son compte
d'éminents services, il en fut récompensé en obtenant la
main de mademoiselle Minette Franconi. De commandant
suprême d'un orchestre, Sergent ne s'attendait sans
doute pas à devenir le père d'une reine..... car S. M. Pomaré Ire est la fille de cet artiste. L'espace nous manque
pour raconter par quelles circonstances la petite fille
d'un Franconi est arrivée avec ses deux sœurs, qui mar-
chent sur ses traces, à paraître à la Chaumière sous le
nom de Rosita, puis à quitter le pays latin pour venir
trôner à Mabille, tout en faisant des excursions du côté
du Ranelagh; son port audacieux, sa démarche fière, certains attraits dont elle est dit-on pourvue, sa danse énergique lui ont valu bien des hommages et nombre de
petits vers, bons et mauvais, personne n'eût songé à r_e
chercher son nom de famille si une affaire désagréable et
à laquelle sans doute elle est étrangère ne fût venue la
troubler dans l'apogée de sa gloire; quarante-huit heures

d'esclavage sont peu de chose pour bien des gens, pour une reine c'est quarante-huit siècles que le *non-lieu* le mieux formulé, et les plus succulents soupers à la Maison d'or ne sauraient faire oublier de sitôt. Durant ces deux jours de captivité, Pomaré aurait, dit-on, fait de sérieuses réflexions sur la fragilité des choses et des couronnes, aussi prétend-on qu'il y a huit jours à peine, dans un cercle intime où figuraient Bergeon, Clara Fontaine, Boisgonthier, Frénoix et quelques lorettes émérites, elle manifestait l'intention de faire comme Julie Deschamps qui vient de quitter *les affaires* avec un revenu de 4 à 5,000 livres de rente; seulement Julie s'est retirée dans une campagne et va, dit-on, épouser le premier adjoint de sa commune, mais Pomaré qui aime encore à se trouver au milieu d'un cercle de femmes spirituelles, et qui, comme elles, ont connu les émotions et les joies de ce monde voudrait entrer aux Carmélites, ou, mieux encore, à l'Abbaye-aux-Bois, où se trouvent réunies bien des reines qui ont eu aussi dans leurs temps un sceptre brillant et une nombreuse cour.

Si Mabille n'a qu'une reine, on y compte deux rois, mais le caractère, l'extérieur et les manières de chacun d'eux offrent de tels contrastes avec les allures et les habitudes de son concurrent que la paix, chose rare, règne sans la moindre intermittence entre ces deux grands... c'est-à-dire entre le grand et le petit souverain.

Ce dernier, du nom de Brédidy, a pour lui tous les avantages de la figure et de la tenue; danseur gracieux et infatigable, walseur intrépide, polkeur de bonne compagnie, mis toujours avec une recherche exceptionnelle, Brédidy est non seulement le meilleur danseur de Mabille, mais on dirait à l'élégance de sa tournure qu'il par-

tage la vie entre les fleurs et les femmes ; comme homme
du monde il tient si bien sa place au milieu des quarts
d'agens de change, des lions et des gentlemen's qui ne
manquent aucun des bals de cet établissement, qu'à dé-
faut de renseignements positifs, Éléonore Florentine, les
trois sœurs Fauchon, Cécile Chalboz, Olympe Després et
cent autres *panthères* se sont livrées à son sujet aux suppositions les plus extravagantes ; elles ont été jusqu'à débi-
ter qu'Eugène Sue, le spirituel auteur des *Mystères de
Paris*, et qui, ainsi que Ferdinand de Villeneuve et nombre
d'autres auteurs, ont leurs raisons pour aimer à fréquen-
ter Mabille, n'avait pas cherché d'autre type pour créer le
personnage si poétique de *Rodolphe*, et que, par ainsi,
Bredidy ne serait rien moins qu'un prince souverain, venu
tout exprès à Paris pour analyser la polka et former son
jugement en présence de la mazourka et du chaloupage.

Mais si toutes les langues féminines ont marché à propos de cet élégant cavalier, ç'a été bien autre chose pour
PAITCHARD !... Pritchard, le type incarné de l'excentricité,
l'énigme faite homme sur une dimension de cinq pieds
six pouces ! ! !... Prenez Pritchard n'importe par quel
bout, parcourez depuis l'épaule jusqu'à ses ongles en
deuil ses bras de Briarée, enlevez d'autour de son cou sa
cravate dédaigneusement nouée, sondez si vous le pouvez
la profondeur d'une bouche que défendent deux formida-
bles rateliers, suivez les lignes irrégulières de son profil
osseux, soulevez les ailes moqueuses de son nez colossal,
glissez-vous sous les verres de ses lunettes et tâchez de
saisir au passage l'un des éclairs sardoniques qui jaillissent
de dessous ses épais sourcils, allez même chercher jusque
sur la semelle de ses bottes, semelle qu'il a pour habitude
de monter incessamment à la hauteur du visage de son

vis-à-vis toutes les fois qu'il fait cavalier seul, vous n'en
saurez pas d'avantage, Champollion peut déchiffrer les
hyérogliphes, il ne nous dirait pas ce qu'est cet homme
dont la tenue n'est celle de personne, dont la danse n'est
qu'à lui, qui n'adresse la parole à âme qui vive, que tout
le monde veut voir et qui semble se replier sur lui-même,
se sourire à son à-part et savourer ses jouissances sans
trahir la moindre émotion. Du reste, en dépit du nom
qu'on s'est complu à lui donner et dont il ne paraît nul-
lement mécontent, il faut croire que ce soit un excellent
garçon : son bon cœur se décèle même à tout instant, car
il est la providence des quelques laidrons qui se four-
voient de temps à autres et s'avisent de pénétrer chez
Mabille, comme pour faire ombre au tableau ; personne
ne songe à les inviter, mais Pritchard est là, il tourne
long-temps autour de la plus laide, comme un vautour
avant de saisir sa proie, puis enfin, quand entre les laides
il a trouvé la plus petite et la plus laide, il s'avance d'un
petit air conquérant et laisse échapper, avec un ton qui
n'est qu'à lui, son mot : *Voulez-vous danser?* — L'adhésion
ne se fait pas attendre, il accroche sa partenaire à son bras,
comme la mère Michel porte son cabas, et tout aussitôt
il l'entraîne au pas accéléré, et toujours sans lui parler, de
quadrille en quadrille jusqu'à ce qu'il ait trouvé une place
assez spacieuse pour pouvoir se livrer à tout le délire d'une
improvisation pédestre, d'une gymnastique qui tient tout
à la fois de la danse des Indiens iowais et de la bourée de
Saint-Flour.

Du reste, Pritchard ne polke jamais, Mogador prétend
que c'est par suite d'un vœu qu'il aurait fait, mais en
revanche, s'il a la charité de faire danser les beautés
manquées, il semble être porté au septième ciel quand

une jolie latine, Rose Pompon, par exemple, s'avise de
lui dire : *Pritchard, je veux que tu danses avec moi!* oh !
pour le coup vous voyez un rayon de bonheur scintiller
derrière ses besicles, sa poitrine se gonfle au point que,
chose rare, il déboutonne son habit et ne laisse plus,
comme de coutume, sa main droite dans son gilet ; il a
recours à tous ses moyens, ses poings se ferment avec
inspiration, sa colonne vertébrale décrit un cercle comme
l'arc d'un Parthe, et bientôt les pas les plus inintelligibles,
les gestes les plus charivariques arrivent et semblent
défier de vitesse le bâton du chef d'orchestre ; tout le
monde fait place aux danseurs suprêmes, la foule s'a-
moncèle autour du quadrille et des applaudissements
unanimes remercient Pritchard et sa ravissante sylphide.

Le silence obstiné, l'air de componction de ce personnage, son vêtement qui serait toujours complétement
noir sans les éclaboussures qui le granitent quelquefois,
ont donné lieu à bien d'autres conjectures que la tournure distinguée et la mise coquette de Brididy. — Hommes et femmes se sont demandé : Qu'est-ce que Pritchard ? Cette question a été agitée dans les coulisses de
tous nos théâtres, depuis celles du grand Opéra, où madame Stoltz consultée, a dit qu'elle connaissait beaucoup
Mabille, mais pas Pritchard, jusqu'à Beaumarchais où
les deux gentilles sœurs ont soutenu que c'était un
grand savant, parce qu'il ne dansait pas comme tout le
monde ; aux Délassements, la prude Bruneval, la joyeuse
maman Rhéal, Léontine, Valentine, Marie Beauchène ont
déclaré que ça devait être un maître d'écriture anglaise,
attendu qu'il avait de longues jambes, que sa danse était
bâtarde et qu'avec ses mains fermées il semblait toujours
disposé à mettre des points sur des I.

Aux Variétés, Flore a juré qu'il était le parrain de l'une des actrices qui s'y faisaient remarquer dans *les Saltimbanques* et *Deux dames au Violon*, que du reste il était aussi discret qu'amoureux, attendu qu'en dépit de l'absence il savait *aimer et se taire* (aimer Esther). Au théâtre Français, Brindeau, qui va souvent à Mabille, a parié avec mademoiselle Plessis, vingt parties de balançoire, que Pritchard était un chimiste de première force. et qu'incessamment il ferait paraître un traité complet sur l'art de faire cuire des œufs à la coque!...

Quant à nous, qui par état et par goût, sommes journalistes, et par conséquent initiés à une foule de secrets de comédie et autres, nous voulons prouver ici que si l'on nous fait beaucoup de confidences, nous savons parfois les garder pour nous ; or, Pritchard n'est rien de tout ce que nos étourdis et nos bavardes ont pu croire, d'un seul mot nous pourrions confondre tous les caquets et mettre à néant toutes suppositions, il nous suffirait de dire que,..., mais par réflexion, nous n'en parlerons que dans la prochaine édition, quant à aujourd'hui nous nous bornerons à dire que Pritchard, fût-il clerc d'avoué, huissier même, ce qui n'est pas bien beau, fabricant de cirage ou membre de l'Institut, n'en est pas moins un excellent garçon, entendant parfaitement la plaisanterie et riant lui-même à gorge déployée quand il est tout seul, dans sa chambre, et que sa veilleuse est allumée, de toutes les fables qu'on débite sur son compte.

CONCLUSION.

Il nous serait facile d'ajouter à tout ce que nous venons de dire une foule d'épisodes et d'anecdotes dont notre agenda est abondamment pourvu, mais pourquoi ne pas laisser aux visiteurs de l'un des bals les mieux dirigés et par conséquent les mieux composés, quelque chose à apprendre, quelque surprise d'autant plus agréable qu'elle sera plus fortuite? Entre les mains de MM. MABILLE, il faut s'attendre à de constantes améliorations, comme il faut compter que le public, qui n'est pas toujours aussi ingrat qu'on voudrait quelquefois le faire croire, s'empressera de plus en plus à reconnaître, par de fréquentes visites, les louables efforts d'une aussi aimable direction.

Pour ce qui est des notes toutes bénévoles concernant les habitués, il en est quelques-unes qui n'ont pu trouver place ici, mais nous connaissons notre monde, et nous savons trop bien jusqu'où va la fidélité de plusieurs de nos jolies polkeuses, pour ne pas être convaincus que nous les retrouverons sous d'autres ombrages; ayant encore à publier une série de PHYSIOLOGIES sur les principaux bals de Paris, nous aurons donc plus d'une fois l'occasion de parler de ces dames et de leurs très humbles cavaliers; quant à la présente physiologie, nous ne croyons pouvoir mieux le terminer qu'en insérant la ballade suivante, composée en l'honneur de la reine POMARÉ, par l'un de nos plus spirituels et l'un de nos plus joyeux épicuriens :

A LA REINE POMARÉ.

O Pomaré, ma jeune et belle reine,
Garde toujours la verve qui t'entraîne,
Sois du cancan long-temps la souveraine
    Et que Chicard
    Palisse à ton regard !

Paré de fleurs, ton trône chez Mabille
A pour soutiens tous les joyeux viveurs ;
Mieux vaut cent fois régner là que sur l'île
Où vont cesser de flotter nos couleurs ;
Aux yeux de tous la polka rajeunie
Vient chaque soir attester ton génie,
Et plus gaîment que dans l'Océanie
    Tu vois l'amour
    Renouveler ta cour.

Quand l'œil au vent, amazone intrépide,
Cravache en main, tu jettes un bonsoir,
Nos cœurs suivant ta cavale rapide
T'escortent tous en attendant le soir.
Souper charmant, vive et rieuse orgie
Viendront bientôt, et ta douce magie
Tant que vivra la dernière bougie,
    Tiendra nos sens
    Émus à tes accens.

Tu mêleras la plaintive romance
Aux gros couplets qu'il faut tout bas citer,
On t'applaudit, on t'aime quand tu danses,
Mais on est fou quand on t'entend chanter !...
O Pomaré, ma belle et jeune reine,
Garde toujours la verve qui t'entraîne,
Sois du cancan long-temps la souveraine
    Et que Chicard
    Palisse à ton regard!

SOUS PRESSE:

PHYSIOLOGIE DU CHATEAU ROUGE,
DU RANELAGH.
DE LA GRANDE CHAUMIÈRE.
DE LA CHARTREUSE.
DU BAL DE SCEAUX.
etc., etc., etc.

NOTA. Les Physiologies des *Bals d'Été* formeront un premier volume.
Celles des *Bals d'Hiver* formeront le second.

En souscrivant chez l'ÉDITEUR, rue Meslay, 29, pour dix PHYSIOLOGIES, on les recevra *franco* à domicile.

Imprimerie de Chassaignon, rue Gît-le-Cœur, 5.

PHYSIOLOGIE

DES

BALS DE PARIS

ET DE SES ENVIRONS

PAR M. E DE CHAMPEAUX.

LIVRAISONS 2 ET 3.

NOUVEAU TIVOLI

(CHATEAU-ROUGE).

PARIS

DEGAUX, ÉDITEUR,

Rue Mealay, 20.

A la Librairie, passage du Grand-Cerf, 52.

ET CHEZ TOUS LES LIBRAIRES.

1845

Nouveau Tivoli.
Lith. Eschweiler, rue Rambuteau, 90.

Nouveau Tivoli, Château Rouge
Lith. Brocuveller, rue Rambuteau, 90.

PHYSIOLOGIE

DES

BALS DE PARIS

ET DE SES ENVIRONS

PAR M. E. DE CHAMPEAUX.

NOUVEAU TIVOLI

(Château-Rouge).

PARIS

Decaux, éditeur,

RUE MESLAY, 29.

1845

Paris. — Imprimerie de Dondey-Dupré, rue Saint-Louis, 7.

PARIS. — Imprimerie de Chassaignon, rue Git-le-Cœur, 7.

CONSIDÉRATIONS GÉNÉRALES.

Si toutes les favorites des rois de France avaient
poussé aussi loin que Gabrielle d'Estrée le goût pour
les petites maisons et les châteaux, notre pays en serait couvert; c'est donc à cette femme devenue aussi
célèbre par sa beauté que par l'empire qu'elle sut
exercer sur l'esprit de l'un des plus braves, mais aussi
l'un des plus *cotillonneurs* de tous les monarques, que
le Château-Rouge dut sa fondation.

O vous, jeunes femmes sveltes et jolies qui venez
maintenant danser la polka sous les frais tilleuls de
ce séjour consacré jadis au mystère et aux amoureux
ébats, gardez toujours le souvenir de Gabrielle;
comme elle, sachez plaire et captiver; comme elle,
unissez l'esprit à la grâce, l'attrait des belles manières
aux élans les plus passionnés; mais tâchez bien aussi
d'éviter d'être, comme elle, capricieuse et jalouse,

étourdie et coquette; dans un jardin, dans les parterres du nouveau tivoli, par exemple, il n'y a certes
pas qu'une seule fleur digne d'attirer les regards et
dont l'arôme puisse enivrer les sens; on en trouve
mille et mille qui sont dignes d'obtenir des hommages, bien loin de leur être préjudiciable, leur voisinage semble accroître leur mérite et centupler leur
beauté, cela n'empêche pas, bien au contraire, que
chacune d'elle n'obtienne un juste tribut d'éloges et
d'attention. — Par la même raison, mesdames, soyez
belles entre toutes les belles, mais surtout soyez bonnes, autant que faire se pourra, et le nombre de vos
admirateurs ne pourra que s'en accroître, et chacune
de vous sera considérée comme une déité, et s'il en
est qui laissent, comme Gabrielle, un nom destiné à
retentir dans l'avenir; fasse le ciel que nos arrière-
neveux ne puissent pas dire, en parcourant nos annales, ce que l'on dit encore de la favorite de
Henri IV : « Pourquoi a-t-il fallu qu'une ame aussi
capricieuse fût cachée sous une aussi ravissante
enveloppe!... »

Mais, avant de motiver par des faits cette pénible
accusation, il nous faut remonter plus haut et arriver à l'époque où le Château-Rouge était, non la résidence du plaisir et des amours, mais bien un de ces
froids donjons dont la France était hérissée aux
xiiie et xive siècles.

MONTMARTRE ET CLIGNANCOURT.

TEMPS ANCIENS.

Situé à une très petite distance de Lutèce naissante, du Paris de nos aïeux, et dominant un horizon de plus de soixante lieues, le *mont de Mars*, ou le *mont des Martyrs*, Montmartre en un mot, était un point trop important pour être négligé par les vainqueurs des Gaules, aussi fut-il long-temps occupé par les armées romaines qui en firent un camp retranché, dont les ruines, pour ainsi dire indestructibles, se voyent encore sur le versant septentrional de la montagne, notamment du côté de la *hutte aux Gardes*.

On prétend qu'il y eût sur le sommet un temple dédié à Mars ; Sauval assure même avoir vu, le 24 mai 1657, — lors de la bénédiction de Mme de Guise, comme abbesse de ce lieu, quelques vestiges d'un temple dans le jardin du prieuré ; on ajoute aussi que, sur la fin du xvi⁰ siècle, on découvrait encore, en certains endroits, quelques restes du temple de Mars, et surtout une terrasse si épaisse et si solide qu'elle servit à Henri IV pour braquer ses canons lorsque ce bon roi s'avisa d'assiéger sa bonne ville de Paris.

Quand le christianisme vint remplacer le culte
désormais suranné des druides et des pontifes romains, une petite église fut construite et eut bientôt
le titre de paroisse; un nommé *Vaulier-Payen* et sa
femme, *Hodienne*, en firent la cession au prieuré de
Saint-Martin-des-Champs. Ce Vautier était laïc,
bien que possesseur d'une église; en ce temps-là cela
n'avait rien que d'ordinaire. D'autres laïcs donnèrent
aussi au même couvent une petite église, située sur
la pente de la montagne, dans laquelle était établi
un pélerinage très productif; elle portait le titre de
chapelle du *Saint-Martyre*, parce qu'on prétendait
qu'en ce lieu saint Denis avait été martyrisé. « On
ignore, dit l'abbé Lebœuf, cité par Dulaure, s'il y
eut un monastère ou prieuré de moines de Saint-
Martin érigé à Montmartre, aussitôt après la dona-
tion rapportée. » — Mais il est certain que, dès 1133,
les moines cédèrent leur église et la chapelle du
Saint-Martyr au roi Louis-le-Gros et à son fils, pour
qu'ils y établissent une communauté de religieuses.
En effet, des bénédictines furent installées à Montmartre, la même année, par Louis-le-Gros et Adélaïde
sa femme. Elles eurent l'église paroissiale, et, comme
le monastère était à une assez grande distance de
l'église, on établit un souterrain par lequel les nonnes pouvaient se rendre dans le cœur de l'église; il
reste encore quelques vestiges de ce souterrain ; quant
au monastère, qui fut détruit dans la révolution de la
fin du siècle dernier, ses vestiges et une partie de son

emplacement ont été acheté dernièrement par deux
coiffeurs de Paris, Belges de naissance, qui y tiennent
tout à-la-fois un bal populaire et y ont fait élever de
grandes et tristes maisons; mais n'anticipons pas et
suivons la marche des temps.

La reine Adélaïde, fondatrice, après avoir perdu
le roi son époux, et Mathieu de Montmorency, connétable de France, qu'elle avait épousé ensuite, jugea
n'avoir plus rien de mieux à faire que de se retirer, en
1153, dans son abbaye; elle y finit ses jours et fut,
dit-on, un exemple de piété monastique. D'abord ses
religieuses se piquèrent d'honneur pour égaler tout
au moins les vertus de la bonne reine, et la réputation
de leur régularité se répandit jusqu'à la cour d'Angleterre; aussi Mathilde, fille d'Eustache III et première femme du roi Étienne, leur donna-t-elle en
considération de leur sainteté, le droit de prendre
tous les ans, à Boulogne, la quantité de cinq mille
harengs!... noble et digne récompense d'une bonne
conduite, surtout en temps de carême. — Mais, hélas! en dépit d'une telle libéralité, les nonettes se
lassèrent de tant de rigidité; la nature, appelée dans
les cloîtres, *le démon de la chair* reprit enfin ses
droits... et les religieuses de Montmartre cessèrent
de mériter les cinq mille harengs!!!

Nous présumons qu'en lisant ce fait, ainsi que
bien d'autres qui vont suivre, nos jolies lectrices se
demanderont comment il se fait que non seulement
Montmartre, mais encore Clignancourt, et en un

mot tout ce dont se compose ce côté de la ville et de
la banlieue, aient été et soient encore (qu'on nous
permette de le dire) le point de centre des aventures
galantes et le séjour des plus aimable pécheresses?—A
quoi cela tient-il?—L'institut tout entier, Pritchard
et Brédidy, naguère les deux danseurs modèles du
bal Mabille, et devenus maintenant les visiteurs appréciés du nouveau Tivoli, ne pourraient peut-être
pas répondre à cette question; sans nous donner
pour plus habiles et savoir mieux juger, nous nous
permettrons de soumettre aux moralistes les plus graves, aux polkeurs les plus infatigables, notre opinion
humblement formulée comme il suit:

— Chaque pays a ses productions spéciales et son
atmosphère à lui; les habitans de chaque contrée
sont donc, sous certains rapports, comme les végé-
taux dont ils aspirent habituellement les émanations:
leur manière d'être influe sur leur caractère et les
rends bons ou méchans, impétueux ou indolens,
galans ou insoucians; ainsi donc, sans aller plus
loin que notre horizon, si Clamart est par excellence la patrie des petits pois, Versailles celle des
chamailleurs, Fontenay celle des roses, Montreuil
celle des pêches, et Montrouge celle des tartuffes,
Montmartre et ses environs peuvent bien être le berceau des femmes aimables et compatissantes. Or, s'il
y eût jadis des bénédictines sensibles à l'excès, il y a
maintenant dans toute la zone du Montmartre, fau
bourg et environs, une foule de jolies lorettes qui se

gardent bien d'être cruelles... Que conclure de tout ceci ? — C'est que c'est... dans l'air du pays; si l'on trouve de meilleures raisons que celle-là, nous demandons en grâce qu'on nous les fasse connaître.

Tandis que Montmartre acquiérait ainsi une certaine importance, Clignancourt, chétif hameau, était encore ignoré; la première mention que l'on ait de Clignancourt ne date que du XIII° siècle, c'est donc un peu plus tard qu'un château dit la *Maison* ou le *Château-Rouge* y fut construit; il est à remarquer qu'à cette nébuleuse époque les châteaux s'élevaient presque toujours dans le voisinage des cloîtres, et *vice versa*, ce qui a donné lieu à maintes conjectures sur les relations qui pouvaient exister entre les manoirs et les monastères, surtout quand les béguines étaient gaillardes et jolies comme elles l'étaient à Montmartre; néanmoins, comme nous ne pensons jamais à mal, nous voulons croire que c'était uniquement pour offrir aux timides recluses un appui tutélaire que les donjons s'élevaient ainsi non loin des cellules.

Par exemple, n'en déplaise aux mânes des nobles châtelains du Château-Rouge, il est à croire qu'ils n'ont pas été tous des Rolands, ou qu'ils n'avaient qu'un bien petit nombre de guerriers à leur service, car il est peu de fiefs qui aient été aussi souvent ravagés que Clignancourt, tantôt par les ennemis, tantôt par les amis, notamment sous le règne de l'infortuné Charles VI, lors de la guerre désespérée que se livraient les princes du sang, suivis qu'ils étaient

de hordes flamandes, anglaises, gasconnes, bourgui-
gnonnes. En 1411, le duc d'Orléans s'étant emparé
de Saint-Cloud, Saint-Denis et Montmartre, fit pil-
ler ou brûler toutes les maisons de plaisance des
bourgeois ; en revanche, les Parisiens mirent le feu
au château de Wicestre ou Bicêtre où furent brûlés
les portraits originaux des rois et des princes de la
maison de France depuis Hugues-Capet. Paris fut
donc bloqué, la Marne était encore libre et servait à
approvisonner la ville, mais le duc de Berry était en
marche avec trois ou quatre mille gendarmes pour
achever le blocus ; lorsque Jean-sans-Peur, duc de
Bourgogne, entra spontanément dans la capitale avec
six cents hommes d'armes et deux mille archers. En-
couragés par ce secours inattendu, les bourgeois pri-
rent l'offensive, s'emparèrent du pont de Saint-Cloud
où furent tués plus de six cents chevaliers orléanais,
et se jetèrent sur Montmartre dont les tremblants
habitués ne surent plus quelle contenance tenir ; car on
les accusait, les pauvrettes, d'avoir poussé l'hospita-
lité jusqu'à une criminelle intimité avec les partisans
d'Orléans ; il leur fallut donc redoubler de préve-
nances auprès des Parisiens pour rentrer en grâce
auprès d'eux et les ramener doucement aux produc-
tifs pèlerinages de la chapelle des Martyrs.
En 1414, le 5 février, après de longs débats et une
lutte sans cesse plus haineuse, le duc de Bourgogne
arriva à Saint-Denis avec une armée et plaça ses
avant-postes jusqu'à Montmartre et Clignancourt ;

c'est à partir de cette époque que le nom de la *Hutte aux Gardes* fut donné, dit-on, à l'endroit qu'on désigne encore ainsi : il comptait sur un mouvement en sa faveur que devaient opérer ses affidés au sein de la capitale. Ayant appris le lendemain que Charles VI se portait mieux et avait fait publier contre lui une sévère déclaration, il leva son camp brusquement et s'en retourna en Flandre pour attendre une autre occasion qui se renouvela, en effet, en 1417, mais sans résultats importans, si ce n'est la délivrance de la trop célèbre Isabeau de Bavière, épouse de Charles VI et ennemie implacable du comte d'Armagnac. Cette princesse vivait le plus ordinairement éloignée de la cour dans le château de Vincennes. Un chevalier nommé Bois-Bourdon lui rendait des soins qu'on jugea trop assidus. Isabeau paraissait n'avoir rien à craindre d'un mari dont l'esprit était ou aliéné, ou si affaibli quand la raison lui revenait, qu'il était presque incapable d'agir. Tout-à-coup le roi paraît à Vincennes, au moment où sa femme s'y attendait le moins. On ne sait pas ce qui se passa entre les deux époux, mais la reine fut conduite immédiatement à Tours, en fort petit équipage et entourée de gardes qui l'empêchaient même d'écrire et lui laissaient à peine la liberté de se promener. Elle trouva pourtant moyen d'adresser en secret une lettre à Jean-sans-Peur et lui demanda sa protection. Il serait difficile d'exprimer la joie qu'il eût de voir cette belle et présomptueuse reine s'humilier devant lui ; aussi lui promit-il de

prompts secours. Il avait déjà paru pendant deux
mois autour de Paris, avait prit en guise de passe-
temps Senlis, Pontoise, Montmartre, Clignancourt,
pour venir ensuite camper à Montrouge quand il reçut la missive de la reine. Dès lors il changea son
plan de campagne, il s'empara du château de Montlhéry et plaça son armée devant Corbeil; de là il ga-
gna Chartres, et prit avec lui seulement huit cents
hommes d'armes bien montés, marcha huit et jour
et se rendit à l'époque indiquée auprès de Tours. La
reine ne manqua pas d'aller à la messe non loin de
cette ville, à Marmoutier, comme c'était convenu
avec le duc; celui-ci investit l'église, enleva Isabeau
et revint sur Paris qu'il attaqua sans succès; il fut plus
heureux l'année suivante, attendu qu'une des portes,
celle de Saint-Germain-des-Prés, lui fut ouverte par
Perrinet-le-Clerc. On sait quels résultats eut ensuite
l'entrevue du pont de Montreau sur lequel Jean-sans-
Peur fut lâchement assassiné sous les yeux du Dau-
phin.

Quant à la lettre qu'Isabeau avait envoyée, en dépit de ses geôliers, à Jean-sans-Peur et à la réponse
qu'y fit celui-ci, on est encore à se demander à quels
moyens au juste ils eurent recours tous les deux pour
établir cette difficile correspondance, cependant la
chronique de Montmartre nous raconte, et le vieux
Froissart semble appuyer ce dire, que parmi les gardes de la reine, il se trouvait un archer natif de ce
pays-là aussi valeureux qu'obligeant à garder une

femme belle et malheureuse est une rude tâche en
pareil cas, et Pierre Louvet comptait à peine vingt-
cinq ans; c'est dire qu'il ne s'établissait pas juge dans
les torts attribués à la reine. Mais les portes de la
ville de Tours étaient rigoureusement fermées, Louvet ne trouva donc qu'un moyen, il attendit qu'on le
mît en faction sur les remparts, ce qui arriva; de là
il avisa l'un de ces ormes séculaires qui forment
comme une ceinture de verdure autour de cette an-
tique cité; aucun vilain, nul berger ne s'avisaient
d'approcher de ce boulevard; les environs de Tours
semblaient frappés de mort depuis que la noble cap-
tive était entrée dans la ville. L'archer profita donc
d'un moment favorable, attacha la lettre à une flè-
che et visa au tronc du quinzième arbre à partir d'un
sentier qui lui était connu. Le trait sembla obéir à
sa pensée et, fidèle dépositaire, se ficha solidement
au niveau des basses branches dans l'écorce de l'orme.
De la sorte Louvet ne craignit plus de perdre cette
précieuse missive ou qu'elle fût trouvée en sa possession; le dimanche suivant, en revenant de l'office
divin, il lui fut facile de s'esquiver et de remettre le
billet à un agent qui lui avait été signalé par la reine
et qui rôdait depuis long-temps autour de la ville
sous le costume d'un laboureur; le reste s'explique,
sans omettre, dit toujours la chronique, la douce récompense qu'obtint le bel archer.

Tout ceci peut être une fable, mais ce qu'il y a de
réel, c'est que les habitans de la banlieue et notam-

ment les enfans de Montmartre et de Clignancourt
ont toujours passés pour être les meilleurs archers,
même à l'heure qu'il est, bien que le tir à l'arc ne
soit plus qu'un divertissement.

Quant à cette Isabeau, dont les vices et la perfide
beauté ont tant contribué à plonger la France dans
l'abaissement et l'affliction, elle mourut, en 1435,
après avoir livré ce malheureux pays aux Anglais;
ceux-ci ne témoignèrent aucun regret de sa perte,
elle ne leur était plus utile. Ils lui firent faire un service dans la cathédrale et envoyèrent son corps, sans
pompe à Saint-Denis, sous prétexte que le convoi,
s'il eût été éclatant, aurait pu être troublé par les
partis qui parcouraient les environs de la capitale:

> Point de peuple à sa suite; et surtout point de larmes,
> Des moines tristement conduisaient son cercueil,
> Pour qu'il ne fut pas dit qu'une reine de France
> Descendit au tombeau sans cortège et sans deuil.

Nos lectrices nous pardonneront d'être entrés dans
ces détails qui, du reste, ne sont pas sans intérêt; de
tous les romans, le plus beau c'est l'histoire, et il est
difficile, en parlant des lieux, de ne rien dire des personnes qui les ont fréquentés.

Nous revenons bien vite à Montmartre et à notre
Château-Rouge.

Le prieuré de Montmartre n'avait, en 1181, que
le titre de chapelle; en cette année, il y fut établi un
chapelain, et en 1305 un second sous le patronage
de l'abbesse de Montmartre, seigneur et propriétaire
du lieu; il y avait encore, en 1440, un chapelain en
exercice dans la chapelle du Saint-Martyre. C'est dans
cette même chapelle qu'en 1534, Ignace de Loyola
et neuf de ses compagnons firent leurs premiers vœux.
Montmartre fut donc le berceau des jésuites!!!... Les
guerres de la Ligue avaient tellement dégradé les bâtimens du cloître et de la chapelle que, vers l'an
1600, on fut obligé de les faire rétablir en entier.
Ce travail dura long-temps, car il donna lieu, en
1611, à une découverte qui réveilla la curiosité de
tous les flaneurs de la capitale; les maçons, conti-
nuant les nouveaux fondemens, percèrent une voûte
sous laquelle ils trouvèrent un escalier qui condui-
sait dans une sorte de cave où était figurée une espèce
d'autel; le vulgaire s'imagina que c'était le lieu où
saint Denis se cachait pour dire la messe. Ce bruit
ranima l'ancienne dévotion pour saint Denis et mit
si bien en réputation la chapelle du Martyre que la
reine Marie de Médicis et ses courtisans y vinrent en
foule; ce concours procura beaucoup d'argent. De
ces sommes considérables, l'abbesse fit non seulement
réparer et agrandir la chapelle des Martyrs, mais
aussi étendre l'enceinte de son propre couvent, de
manière à renfermer la nouvelle église qui fut, en
1622, érigée en prieuré régulier.

Il y eut donc deux communautés à Montmartre,
l'une d'hommes, l'autre de femmes, et toutes deux
dans la même enceinte, ce qui amena, comme on le
pense bien, des difficultés et des aventures de toutes
sortes, aussi Louis XIV fit-il bâtir dans le bas des
logemens suffisans pour y loger toutes les religieuses: elles y furent transférées en 1681; dès lors il n'y
eut plus de prieuré, et l'église de l'ancien couvent de
filles devint celle de la paroisse du village.

Sauval dit, suivant Dulaure, que les pauvres maris
qui étaient les *martyrs* de la méchanceté de leurs femmes allaient souvent faire une neuvaine à la chapelle de Montmartre. Les femmes avaient aussi dans
l'église de l'abbaye un saint qu'elles invoquaient dans
une occasion analogue: il était appelé *saint Raboni*,
parce qu'il avait, au dire des commères, la vertu
miraculeuse de *rabonnir* les maris. Voici sur quoi était
fondée cette superstition : sainte Anastasie, ayant
épousé un méchant homme, raconta à saint Crysogone, en qui elle mettait toute sa confiance, les tourmens qu'elle endurait et l'invita à prier Dieu pour
elle; le saint homme pria, et le mari mourut !!! —
On pense que saint Crysogone est le même que *saint
Raboni*. — Une femme édifiée par cet aimable mi-
racle fit bientôt après une neuvaine à saint Raboni
pour demander la conversion de son mari ; quatre
jours après il était mort. Le saint donne plus qu'on
ne lui demande, dit la femme.

Les guerres trop désastreuses de la Ligue furent des

plus funestes pour Montmartre et décidèrent de l'avenir du Château-Rouge. Celui-ci pris et repris, dévasté et démoli dut renaître bientôt après sous le séduisant aspect d'une maison de plaisance, et devenir en un mot tel que nous le voyons aujourd'hui.

Quand Henri vint mettre le siége devant Paris, la plupart des religieuses de l'abbaye se réfugièrent dans la capitale pour éviter les galanteries des huguenots; hélas! soins superflus!... Toutes celles qui entrèrent dans la capitale, s'adonnèrent au péché avec les ligueurs; ce n'était guère la peine de fuir les protestans; quant à celles, et c'était les plus jeunes, qui étaient restées à Montmartre, elles entreprirent, dit-on de convertir les officiers du monarque, mais elles en furent pour leurs frais.

Entre toutes ces belles recluses se trouvait Marie de Beauvilliers, à peine âgée de dix-sept ans et dont les attraits naissans eussent séduit un monarque moins impressionnable que le galant roi de Navarre, or,

> Nous savons trop à nos dépens
> Comment le premier des serpens
> Des femmes tenta la première,
> Et comment notre premier père
> Acheva le fruit défendu,
> Que son épouse avait mordu,

Il nous est donc facile de nous rendre compte comment un prince aimable, brave, robuste, entreprenant, toutes qualités qui plaisent aux dames, put

subjuguer la pauvre Marie. Aussi, quand son auguste
amant fut contraint de quitter Montmartre, elle ne
voulut pas se séparer de lui et le suivit à Senlis...
c'est là que toutes ses illusions devaient cesser. Eni-
vrée d'un bonheur qu'elle croyait devoir toujours
durer, ajoutant foi aux protestations de Henri, il
semblait à la jeune fille que son âme tout entière
ne suffisait pas pour contenir ses douces rêveries, ses
espérances et son amour; il lui fallait un autre cœur
dans lequel elle pût déposer pour ainsi dire le trop
plein du sien, en un mot elle voulait avoir une confidente... L'infortunée n'eut qu'une redontable rivale,
en faisant venir auprès d'elle sa cousine germaine
Gabrielle d'Estrée : toutes deux étaient filles des deux
sœurs, Françoise et Marie Babou.

Ambitieuse et coquette, Gabrielle, douée aussi
d'une grande beauté, comprit combien il était facile
d'entraîner le plus volage des hommes, elle n'y réus-
sit que trop; et l'infortunée Marie, le cœur navré,
n'eut bientôt plus d'autre parti à prendre que d'aller
cacher ses larmes et son désespoir dans le monastère
de Montmartre. Là, du moins, elle croyait pouvoir
pleurer et prier en paix!... Hélas! la pauvre enfant
ne savait pas jusqu'où peut aller la coquetterie d'une
rivale; elle ignorait que le cloître le mieux fermé
n'est point un refuge assuré contre les attaques des
passions, soit au dedans, soit au dehors. Gabrielle
n'ignorait pas que des fenêtres du couvent Marie
apercevait Clignancourt et les ruines du Château-

Rouge ; son projet fut aussitôt conçu, et , dès que les
circonstances le permirent , elle fit construire , sur
l'emplacement du vieux manoir, la *Maison* ou le
Château Rouge qui vient d'être si habilement res-
tauré et où se donnent des fêtes auxquelles la meilleure compagnie aime tant à se rendre.

Nous venons de dire que l'ancien Château-Rouge
était dans un délabrement complet , c'est qu'en effet,
il avait été complètement dévasté, après avoir été occupé pendant quelque temps par Ligier, le trésorier
de ce vieux cardinal de Borbon qui, bien que pri-
sonnier de Henri IV, son neveu, avait été nommé
par Mayenne roi de la Ligue, le 7 août 1589, sous le
nom de Charles X, et qui mourut dans une forteresse éloignée, en mai 1590.

Ce ne fut qu'avec un redoublement d'affliction que
Marie de Beauvilliers vit s'élever, comme par enchan-
tement, le somptueux séjour de sa folle cousine,
celle-ci affectait de s'y rendre tous les jours, sous prétexte de hâter les travailleurs et d'y amener le roi
pour ordonner la disposition du parc et des jardins,
mais en réalité pour que la triste recluse pût l'apercevoir avec son royal amant. Force fut donc à Marie
de changer de cellule et de rester au fond du cloître à
gémir, à prier pour que le ciel lui permette d'oublier
celui qui, depuis long-temps déjà, n'avait conservé
d'elle qu'un faible souvenir. Cependant, sept ou
huit ans après, c'est-à-dire en 1598, l'abbesse de
Montmartre étant morte, Henri qui venait de faire

Gabrielle duchesse de Beaufort, s'avisa de nommer
Marie à cette abbaye. Dès cet instant, un changement
total s'opéra dans la noble nonnette, son caractere
devint froid et sévère; après avoir tout sacrifié à l'a-
mour, elle voulut combattre sans pitié dans les autres les penchans auxquels elle-même n'avait pas su
résister, et renouvela, sans beaucoup plus de succès,
les tentatives de réforme qui avaient été faites, en
1500, par l'évêque de Paris, Jean-Simon, et par
Étienne Porcher son successeur; pour atteindre ce
but, ils avaient mis dans l'abbaye de Montmartre
des religieuses de l'ordre de Fontevrault, tirées des
prieurés de la Madeleine-lès-Orléans et de Fontaines
afin de faire germer dans notre trop galant bercail
les fruits d'une inflexible discipline; mais, ou l'air
du pays, comme nous l'avons dit, exerça une im-
manquable influence, ou l'esprit malin vint en aide
aux anciennes béguines de Montmartre; mais il est
de fait que les béates de Fontevrault damèrent bientôt le pion à leurs nouvelles compagnes en fait de malice et de galanterie. — Ce ne fut guère qu'au bout
de dix années d'efforts, d'essais de toute nature,
d'actes mêlés tour-à-tour de patelinage et d'absolu-
tisme, que l'abbesse Marie parvint à ramener dans
son indocile troupeau une apparence de tenue, encore paya-t-elle bien cher ce faux semblant, puisque
les religieuses se portèrent contre elle aux plus ef-
frayantes extrémités et firent même usage du poison
pour se débarrasser de leur chagrine réformatrice.

Des antidotes pris immédiatement lui sauvèrent la vie, mais lui laissèrent pour toujours une grande difficulté de respirer et de parler.

Quant à Gabrielle, elle mourut au commencement de 1599, et cette mort fut si prompte qu'elle fût attribuée également au poison; entre lorettes, si la jalousie survient, on crie, on fait voler les bonnets en l'air, la chevelure est parfois compromise, mais elle repousse; on échange des claques, mais les égratignures se guérissent; les yeux ne restent pas éternelle_ ment encadrés de noir, et si, en brisant par mégarde quelques porcelaines, on se les jette à la tête, on en est quitte pour aller chez Paul Simon qui pose admirablement bien les dents postiches, mais entre grandes coquettes du xvie siècle on faisait de petits échanges à l'aide des cuisiniers et qui ne manquaient guère de vous conduire dans l'autre monde. Gabrielle avait contre elle sa cousine Marie, dont le caractère était tellement changé et qui, après avoir été la plus amoureuse des courtisannes, était devenue la plus revêche de toutes les bigotes, puis la reine Marguerite de Valois, femme aussi spirituelle que vindicative, et cette Henriette d'Entragues née avec le démon de l'intrigue et de l'astuce au fond de l'âme et qui était poussée en outre par son honnête père, le sieur de Balzac, seigneur d'Entragues, à subjuguer un jour ou l'autre le cœur du roi, ce qui eût malheureusement lieu plus tard. On voit qu'il était difficile à la pauvre Gabrielle de soutenir une pareille lutte. Un jeudi saint donc, elle laissa Henri à Fontainebleau, vint à Paris dans le but d'y passer les fêtes de Pâques, et descendit chez Zamet, sa maison ordinaire pendant les séjours peu considérables qu'elle faisait dans la capitale. La Varenne, qui jouait à la cour le rôle de ministre secret si bien défini dans la *Pucelle*, en parlant du conseiller Bonneau :

> Confident sûr et très bon Tourangeau,
> Ayant l'emploi qui certes n'est pas mince,
> Et qu'à la cour, où tout se peint en beau,
> Nous appelons être l'AMI du prince.

A peine eut-elle dîné qu'elle fut frappée d'un mal qu'on jugea être une attaque d'apoplexie. Les douleurs augmentèrent avec d'horribles convulsions. Dans les instans de relâche, elle s'écriait : « Qu'on me retire de cette maison ! » — Elle voulut écrire au roi : les déchiremens qu'elle éprouvait dans les entrailles lui firent tomber la plume des mains ; elle accoucha d'un enfant mort, et mourut elle-même après vingt-quatre heures de tourmens épouvantables et si défigurée qu'on n'osait la regarder.

Ainsi, elle expira sans avoir pu visiter une dernière fois son cher Château-Rouge !

TEMPS MODERNES.

Depuis la mort de la fondatrice du Château-Rouge, bien des événemens se sont succédés et les lieux et

les choses ont subi d'étranges transformations; si
déjà, grâce à cette femme que Henri qualifiait de
Charmante, Clignancourt et son manoir présentaient
un tout autre aspect que du temps où la belle Fer-
ronnière et le roi-chevalier venaient se reposer ou
plutôt chercher le mystère dans l'ancien donjon de
la maison rouge, il y a eu depuis lors bien d'autres
changemens à mesure que de nouvelles habitations
de plaisance vinrent se groupper sur les flancs de
Montmartre. La science arriva à son tour et l'on
chercha à se rendre compte de l'état géologique de
la montagne et en général du plateau de Paris, plateau qui, suivant toutes les probabilités, fut pendant
nombre de siècles occupé par la mer. Cette montagne, dit Bomare, présente particulièrement des
phénomènes dignes de l'attention des naturalistes;
elle est placée au milieu d'un pays tout à fait calcaire ; si on jette l'œil sur une de ces grandes coupes
verticales que l'on y a pratiquées du sommet jusqu'à
la base, on y distingue un grand nombre de bans
superposés, interrompus par une légère couche de
matière étrangère, argileuse; les bancs de plâtre ont
différentes hauteurs ou plus ou moins d'épaisseur, on
y trouve fréquemment des ossemens et des vertèbres
d'animaux et notamment du monde marin ou aqua-
tique, qui ne sont pas pétrifiés, mais qui sont déjà un
peu altérés, et qui sont très étroitement enveloppés
dans la pierre; on y a même trouvé des ictyotites,
des noyaux et fragmens de cannes - marines , des

empreintes de poissons, des dents et dans les fentes des carrières des congélations d'un fort bel albâtre très calcaire.

Depuis Bomare, Cuvier a considérablement augmenté le domaine de la géologie ; aussi a-t-on acquis la certitude d'un sol habité, avant *le séjour des eaux de la mer* et avant la formation du gypse ou de la pierre calcaire ; on voit que ceci nous renvoie un peu plus loin que le déluge dont parle la Genèse, mais . comme ce n'est pas le dernier démenti que reçoive ce vieux livre, nous passons outre. Il est seulement de fait que Cuvier a trouvé à plus de quatre-vingt mètres au-dessous du sol des ossemens d'animaux, reptiles, oiseaux, quadrupèdes, tortues, poissons de mer et d'eau douce, dont les analogues se retrouvent en Amérique, et d'autres dont les races sont perdues..... Seulement où n'y a pas trouvé de débris humains : serait-ce qu'en ce temps-là, comme le prétendent certains savans, notre chétive espèce n'existât pas encore ?... Pauvre Genèse, où en es-tu ?

Quant aux moulins à vent dont on a si souvent parlé, il est à croire qu'inventés par les Arabes en 650, ils se sont propagés lors de l'irruption que firent en France les Sarrazins vers l'an 767. — On ne saurait nier qu'à cette époque, et même jusqu'au milieu du dix-huitième siècle, Montmartre, beaucoup moins exploité qu'il ne l'a été du temps de l'Empire, et ne comptant que quelques maisonnettes grouppées non loin de l'abbaye, devait former une

montagne d'une toute autre dimension qu'à présent.
Quelques rares sentiers, et le chemin vieux qui subsiste encore, sillonnaient seuls ce rude monticule,
même au temps où Henri IV s'amusait à regarder
Paris entre ses jambes du sommet de Montmartre. Il
est donc à croire que pour porter le blé à ces moulins on n'avait rien trouvé de mieux que d'avoir des
ânes; de cette chose toute simple, les beaux parleurs
du temps passé ont déduit les plus niaises consé-
quences, et créé les plus sots jeux de mots; seulement,
si les vrais savans ont fait des recherches curieuses
dans les carrières, s'ils ont couronné la butte, en 1736,
d'un obélisque qui sert de base à la ligne de mire de
l'Observatoire, d'un autre côté une trouvaille faite
dans des fouilles pratiquées en 1779, entre Belleville
et Montmartre, mit en émoi tous les érudits, tous les
pédans de France et d'Europe : il s'agissait d'une
pierre sur laquelle étaient tracés des caractères bien
conservés, et que voici dans l'ordre où ils se trouvaient :

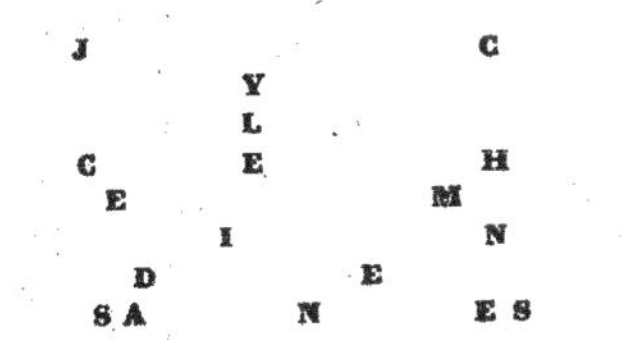

Les membres de l'Académie des inscriptions et
belles-lettres, à l'examen de qui cette pierre fut ren-

Z

voyée, se trouvaient dans un grand embarras. Le savant auteur du monde primitif avoua qu'il n'y connaissait rien. Ce fut donc l'homme sur la sagacité
duquel on comptait le moins, c'est-à-dire le bedeau
de Montmartre, qui se trouva seul capable d'expliquer cette inscription, laquelle contient ceci : *Jcy le
chemin des ânes.*

Parmi les hommes d'un mérite réel qui ont habité
Montmartre durant le siècle dernier, il ne faut pas
oublier de citer Louis Flécheux, célèbre astronome,
né à Cécy, près Rhétel-Mazarin, en 1739, il mourut
à Paris le 4 novembre 1793.

Après la science, la politique vint aussi élire domicile à Montmartre en la personne de son télégraphe:
inventé par Chappe en 1791, le télégraphe a transmis
de cette hauteur bien des ordres, apporté bien des
nouvelles, surtout pendant les campagnes du Nord.

Il n'entre pas dans le plan de notre petit ouvrage
de donner l'historique du couvent qui continua
d'exister à Montmartre jusqu'au décret mémorable
de l'Assemblée nationale, rendu le 13 février 1790,
décret qui faisait justice, en les supprimant, de tous
ces ordres où s'enrôlaient naguère de pieux fainéans,
et ces cloîtres, séjours hypocrites de la débauche, du
fanatisme ou du désespoir, repaires où allaient se
cacher de faux dévôts et d'imbécilles sectaires, et
dans lesquels d'indignes tuteurs, des pères aveuglés,
des mères criminelles, des frères dénaturés ensevelissaient tout vivans de malheureux enfans, d'inno-

centes jeunes filles, pour dévorer leur héritage ou
pour cacher les fruits de leurs impudiques amours.

C'est principalement à cet horrible emploi qu'était
destiné le monastère de Montmartre ; consacré particulièrement aux filles nobles, il devait recéler [....]
de victimes que bien d'autres, puisque celles-là surtout étaient frappées par le droit le plus monstrueux,
par le droit d'aînesse ! ·

La dernière abbesse, Marie-Louise de Laval, ex-
pulsée du couvent avec ses religieuses le 14 août 1791,
fut accusée de connivence avec la cour ; on prétendit
qu'elle avait consentie à cacher de l'artillerie dans
les caveaux du cloître ; on ne donne pas même encore à présent d'autre origine au chemin neuf qui,
tout d'abord prenait plutôt l'aspect d'une longue
plate-forme que d'un chemin ordinaire, uniquement destiné, disaient alors les travailleurs, à ouvrir
avec Saint-Denis une communication qui n'existe
pas encore de ce côté. Nous ne voulons pas rechercher
jusqu'à quel point ce rapport offre d'exactitude ; le
roi faible et irrésolu qui faisait venir sous main des
troupes étrangères autour de Paris, pouvait bien
avoir eu la triste idée, comme son aïeul, de bombar-
der sa capitale.

· Après 1791, les biens, domaines et bâtimens de
l'abbaye furent morcelés et vendus; nous avons dit
de quelle manière une partie des constructions est
occupée maintenant.

Vers 1825 on voulut tirer partie d'une fraction des

jardins de l'abbaye, depuis longtemps délaissés et
l'on ouvrit, au sommet du chemin vieux, bien au-
dessus de l'emplacement où s'était englouti le *poirier
sans pareil*, le TIVOLI MONTMARTRE, nous avons
parlé de cet établissement et de son peu de réussite
dans le Journal *la Nouveauté*, qui paraissait à cette
époque.

Si en 1814 nos soldats firent des prodiges de valeur
aux buttes Chaumont, comme dans la plaine des
Vertus, où mille citoyens, mille gardes nationaux
trouvèrent une mort glorieuse, Montmartre et Clignancourt ont été témoins de faits d'armes trop sublimes et trop ignorés. Personne cependant n'a oublié le courage héroïque des élèves de l'Ecole poly-
technique, tandis qu'avec quelques pièces de canon
ils se défendaient en héros, tandis que la trahison
qui vendait Paris leur avait fourni des gargousses de
douze pour des pièces de huit : tandis que nous les
avons vus réduits à enlever la poudre de ces mêmes
gargousses et à charger leurs pièces avec des cailloux
et *du pain* qu'ils allaient chercher jusque chez les
habitans de La Chapelle, pour servir de bourre, un
engagement terrible avait lieu *aux trois-moulins*, entre
Montmartre et La Chapelle, et là trois escadrons de
carabiniers, et non de dragons comme le dit Dulaure,
ont culbuté par trois fois six escadrons de cuirassiers
ennemis; mais nous l'avons dit, la trahison veillait
sur nos valeureuses cohortes et pendant que tant de
braves faisaient une résistance désespérée, la reddi-

rion de Paris se signait au cabaret du Petit-Jardinet à
la Villette..... Il faut convenir que le lieu était bien
choisi pour consommer un acte infâme !...

Durant les Cent Jours, Montmartre fut mis sur
un pied de défense plus respectable, des redoutes
furent élevées en partie par les gardes nationaux de la
deuxième légion parisienne, mais la trahison vint
encore rendre stériles tant d'efforts en livrant à l'ennemi le passage de la Seine au pont du Pecq. Dès lors
les Anglais vinrent occuper Montmartre et Clignancourt, tandis que les Écossais campaient aux Monceaux ; tout fut mis au pillage, toutes les maisons
furent saccagées ; à force d'amonceler les immondices
et les débris, les soldats ennemis n'entrèrent bientôt
plus que par les fenêtres du premier étage dans certaines maisons, notamment dans la rue des Rosiers.

Quant au Château-Rouge, habité quelque temps
par le farouche Blucher, il sembla devoir payer le
triste honneur d'avoir reçu dans ses murs le traître
qui vendait la capitale ; nous l'avons vu tellement
dévasté ce pauvre château, si prêt à tomber en ruine,
si criblé de balles et de boulets, que c'est pour nous
comme une véritable merveille que de le voir aussi
magnifique, aussi rajeuni que nous le trouvons aujourd'hui, et pour le moins aussi beau qu'au temps
où Gabrielle le faisait construire, où Clignancourt
appartenait à ce Ligier dont nous avons déjà parlé :

aussi fanatique que fripon, le digne trésorier du cardinal de Bourbon, ayant eu des attaques de goutte,
crut trouver un remède à ses douleurs en batissant
une chapelle sous l'invocation de la Trinité; l'emplacement de cette chapelle, occupé aujourd'hui par
un marchand de vins, fait le coin de la rue St-Denis
et de la place Marcadet, une tourelle le fait reconnaître.

Si l'ennemi avait laissé des traces de vandalisme
au Château-Rouge, il faut ajouter que ses deux derniers propriétaires, M. Feutrier, propriétaire du
Moulin de la Lancette, écroulé maintenant, et en
second lieu une demoiselle Auzane dont le journal
la Presse a parlé dernièrement, sans renseignemens
certains ni sur elle ni sur ses héritiers, n'ont rien fait
pour réparer ce précieux monument.

Aussi, quand en 1844, on vit, a dit *le Siècle*, les maçons approcher du Château-Rouge, aligner des rues
dans son parc, quand M. Ch. Duval, l'architecte a
eu installé son bureau dans le salon même où le par-
jure R... signa l'acte de vente qu'il faisait à l'ennemi,
enfin, quand dernier représentant pour ainsi dire des
loisirs tranquilles et des artistiques délassemens,
M. Bracassat, l'un de nos peintres les plus distin-
gués qui avait établi son atelier dans ce château, fut
forcé de déménager, on crut à de nouveaux morcel-
lemens et tout le monde se demanda ce qu'allait

devenir ce manoir qui avait été témoin de tant de
prouesses amoureuses, retenti de si douces paroles, et
s'il allait tomber sans que personne eût même pitié
de la chambre qui fut la confidente des amours de
Jean-de-Paris.

Tout le monde est rassuré maintenant, le nouveau
propriétaire a rendu cet aimable séjour plus magnifique, plus délicieux que jamais ; il y a plus que du
confortable, plus que de l'art dans la manière dont
les appartemens sont ornés et dont le jardin surtout
est distribué et décoré, on s'aperçoit tout d'abord
que le goût le plus délicat a présidé à ces arrange-
mens et que ce n'est qu'à une femme que sont dus
tous ces détails. C'est qu'en effet, madame Bobœuf est
non seulement la femme la plus instruite et la plus
gracieuse, mais elle possède en outre de grandes con-
naissances en botanique et en horticulture ; il ne faut
donc plus s'étonner si les connaisseurs trouvent au
Nouveau Tivoli les plus beaux parterres, et une col-
lection de fleurs qu'on ne saurait rencontrer autre
part.

LE NOUVEAU TIVOLI.

Dès qu'il fut donné à l'un des plus beaux jardins
publics de la Chaussée-d'Antin, le nom de Tivoli
fut adopté avec enthousiasme par la bonne compa-

gnie, et depuis, grâce à une sorte de faveur providen-
tielle, ce même nom n'a point perdu de son ancienne
faveur ; que d'astres éclipsés depuis l'origine du premier Tivoli! celui-ci a donné lieu à bien des couplets,
à nombre de pièces de théâtre, on célébra jusque sur
le théâtre des Troubadours, en l'an VIII (23 ther-
midor).

Ce Tivoli,
Par le sexe joli,
Rempli,

Dans un à-propos intitulé *les Dieux à Tivoli*, pièce
dans laquelle Bosquier-Gavandan, d'aimable mémoire, remplissait le rôle d'Arlequin.

Quand le Tivoli de la rue de Clichy remplaça
celui de la rue St-Lazare, la vogue lui fut soudain
acquise et il fut comme son devancier, le rendez-vous
des femmes les plus élégantes et des hommes du
monde : tout cela a encore lieu au Nouveau Tivoli,
chaque établissement a sa clientèle, ses habitués; ouvert d'hier pour ainsi dire le Château-Rouge a déjà
les siens et grâce à une direction aussi intelligente que
zélée, le nombre ne pourra que s'en accroître.

SOUS LA FEUILLÉE.

Elle est vivace, elle est ombreuse dans ce vaste

jardin, car elle date de loin cette feuillée, la force des
tilleuls et des quelques arbres à fruits dont elle se
compose en offre la preuve; à cette époque-là on aimait
à se promener sous une voûte de verdure, mais de
temps à autre on n'était pas fâché de rencontrer un
arbre dénué de fruits savoureux et auquel, tout en
passant on pouvait faire un emprunt... Cela brisait
la monotone régularité de ces jardins à l'anglaise
dont au besoin le pinceau d'un Cicéri pourrait remplacer les symétriques allées par deux belles toiles
bien tendues sur des piquets : ceci nous explique
pourquoi le parc de Versailles est superbement en-
nuyeux.—Dès que je serai riche, ce qui aura lieu peut-
être bien demain, ou un autre jour, la végétation de
mon parc sera accidentée par des pruniers, des abrico-
tiers, des poiriers et des treilles où le chasselas et le
muscat se disputeront l'honneur de m'offrir leurs
lourdes grappes.

Ici, c'est dans une large et spacieuse avenue que la
danse a lieu; de chaque côté règne une allée de tilleuls sous laquelle un architecte intelligent a placé
une haute tente de coutil ; l'une de ces allées, celle au
centre de laquelle est situé l'orchestre, est en partie
occupée par les tables du café, l'autre est tout à la
promenade; quand les lustres et les girandoles de gaz
sont allumés, c'est un spectacle enchanteur que d'y
voir circuler toutes ces femmes aux plus fraîches pa-
rures, aux atours les plus élégans : mais c'était surtout
le jour de la première grande fête, le 10 juillet der-

nier, que cette allée était éblouissante de toilettes et
que l'œil exercé pouvait reconnaître les cachemires
de Gagelin, les grénadines de Delille, les chapeaux
de Maurice Beauvais, les saules de Zacharie, les fleurs
de Constantin, et tout cela porté par un essaim de
femmes luttant de jeunesse, de grâces et de piquante
coquetterie. N'oublions pas que le même soir nous
avons vu pour la première fois tout l'effet que pouvait produire dans ce féérique séjour un éclairage en
verres de couleur.

LES VISITEURS.

Chacun d'eux ne manquera pas de devenir un ha-
bitué, puisqu'il n'est personne qui ne se propose de
revenir dans cet établissement exceptionnel et le seul
qui existe en ce moment dans Paris pour ainsi dire ,
avec autant de luxe et de tenue. Situé un effet aux
abords de la Chaussée-d'Antin , non loin des plus
beaux boulevarts de la Capitale et du centre des affaires, il doit, devenir , il est déjà le rendez-vous des
hommes riches et de tout un essaim de femmes jeunes,
belles et dont la toilette atteste le bon goût. Nombre
de dames du monde, ne craignent point de s'y rendre ,
et n'ont qu'à se louer de la tenue non sévère, mais intelligente du nouveau Tivoli ; le temps n'est plus où
confinée par une fausse vanité dans les retranchemens
de leur soi-disant dignité, les gens de la société croy-
aient se manquer à eux-mêmes en visitant les établis-

semens publics , ou qu'il ne fallait y pénétrer en
quelque sorte qu'à la dérobée et le nez dans le man-
teau ; nos mœurs actuelles ont admis une toute autre
liberté et sont loin pour cela d'en être plus mauvaises; Il
est donc reconnu que l'on peut être toute la journée
un magistrat intègre, un habile notaire, un adroit
agent de change, posséder avec honneur le titre d'of-
ficier général ou de haut fonctionnaire , comme on
peut être une femme riche, noble et belle, tout en venant se promener le soir sous les voûtes onduleuses
de nos jardins, et examiner en souriant toute une
jeunesse se livrant avec ardeur à la walse et à la polka.

LA DANSE.

C'est la pierre de touche de chaque bal; « dites-moi
quels sont les pas de la majorité des danseurs et je vous
ferai connaître de suite à quel monde vous avez affaire, » disait Vestris, le dieu de la danse, au temps
du Consulat et de l'Empire. D'après cet axiôme nous
n'avons pas besoin dire si la danse est gracieuse sous
nos tilleuls.

Lanceut conduit son orchestre en homme exercé;
à ça près de la jeunesse qu'il a et d'un visage grêlé
que par bonheur il n'a pas , on le prendrait pour la
contre-épreuve de Musard, il en a la gravité comme
il en possède la finesse auditive.

Les places sont comme instinctivement marquées
dans la vaste avenue de la danse; depuis que la toute

gracieuse Maria a adopté le bout de l'allée qui touche
au château, c'est là qu'ont lieu les quadrilles les plus
recherchés, et que se trouvent les plus délicieuses toilettes, Clara Fontaine et ses nombreux amis affection-
nent le devant de l'orchestre; quand Pritchard fait
trève à sa douleur et veut déployer ses gigantesques
jettés-battus il se place entre deux lustres; Madame
De Saint-E.... qui semble se complaire à ne porter
qu'un négligé tout aussi étudié, soit dit en passant,
qu'une grande toilette, ne danse qu'à l'extrémité op-
posée, de la sorte tout le monde est content et le coup-
d'œil n'en est que plus varié. De reste il y a un raffi-
nement de coquetterie à se placer ainsi, comme à l'é-
cart; c'est bien plutôt aux fleurs qu'il faut chercher
qu'à celles qui apparaissent tout d'abord que l'on aura de la préférence.

LE PONT DES SOUPIRS.

Si le nouveau Tivoli possède de magnifiques allées,
un vaste tapis vert et des sentiers symétriquement
bordés de fleurs, il ne faut pas croire qu'en de certains endroits le terrain ne soit pas accidenté de la
manière la plus pittoresque; c'est justement ici que
l'architecte a le plus fait preuve de goût et d'habilité;
un monticule traversé par un ravin profond existe
donc vers la partie sud du jardin, et un pont agreste
rallie les deux flancs de cette colline que recouvrent
de frais bosquets; à voir ce ravin on croirait qu'un
torrent écumeux va s'élancer dans cette profondeur...

—Heureux alors, heureux, dira-t-on, le voyageur qui
pourra gravir à la hâte les hauteurs voisines, et trouver un refuge sur le pont rustique !.... Mais qu'on se
rassure, nulle onde en furie ne bouillonnera sous cette
voûte, et si quelque écervelé voulait, dans un beau
désespoir se lancer dans l'éternité pour en finir avec
les amours et la polka, il ne pourrait tomber la tête
la première que dans quelque sorbet au marasquin,
ou sur un plateau de glaces panachées, attendu que
les bosquets de la coline sont pourvus de tables autour desquelles les consommateurs ne manquent pas
de se rendre. On danse sous les tilleuls, les gens sé-
rieux viennent philosopher ici, sur la fragilité des
choses humaines et l'excellence d'un savoureux moka;
à chacun ses plaisirs : le parc du Château Rouge est
assez spacieux pour que tout le monde y trouve une
place à son gré.

Mais, me dira-t-on, M. le chroniqueur, vous in-
titulez votre chapitre le *Pont des Soupirs*, et jusqu'à
présent... — Pardon, mille fois pardon, chers lecteurs
ou plutôt à vous mes jolies lectrices, on n'arrive à ce
pont, désormais célèbre, que par des sentiers tor-
tueux, il m'a fallu une indispensable circonlocution
pour atteindre le même but et vous dire pourquoi ce
pont est décoré d'un titre qui rappelle la Venise d'autrefois, et ses forfaits et ses victimes. — Je sais que
vous m'objecterez que placé à l'écart, loin des flots de
lumières qui inondent les autres parties du jardin, il
doit tout naturellement être le point de plus d'un

rendez-vous, et le muet auditeur de bien des douces
paroles; tout cela est encore vrai, mais il a fallu cependant que l'on y rencontrât deux personnages
exceptionnels, *soupirant* chacun à sa manière, pour
que le *vox populi* donnât spontanément un pareil nom
au pont du Nouveau Tivoli : ces deux personnages
vous les connaissez, nous avons parlé d'eux dans
notre PHYSIOLOGIE du bal Mabille, et bien d'autres
les avaient connus avant nous; ces deux cé-
lébrités c'est PRITCHARD! c'est Elodie!!!... Oui, la
sensible Elodie! Pritchard, auprès de qui son homo-
nyme n'est qu'un grain de sable sur le bord de la
mer, l'incomparable Pritchard, le roi de la reine
Pomaré, qui revêt un nouvel homme pour venir tous
les lundis au Château-Rouge, en se déguisant de la
tête aux talons, depuis la cravate jusqu'aux sous-
pieds; enivré de gloire et d'encens chez Mabille,
Pritchard a fait comme les princes souverains en
voyage, il s'est travestit, il a cru, le grand homme,
qu'en passant du noir au blanc, il n'allait pas être
reconnu!... Vanité des vanités sous un faux semblant
de linge frais et de bottes vernies!... Pritchard qui
était toujours du noir le plus nébuleux, que veux-je
dire? le plus douteux, chez Mabille, est arrivé à
Tivoli avec une cravate soi-disant blanche, un gilet
du même ton, un pantalon de la même teinte et
d'immenses sous-pieds de la même nuance et deux
gants à ses deux mains, parole d'honneur sacrée,
deux, lui, Pritchard, qui jamais n'en avait mis

qu'un !!! Mais c'est à tort qu'il a eu recours à toutes
ces ruses, c'est inutilement que lui, qui n'aime à
faire danser que les femmes les plus laides, s'est fait vio-
lence et s'est avisé d'inviter les plus piquantes lorettes,
soins superflus, folles espérances, nous l'avons reconnu par nos yeux de journalistes ; et quand pour
mieux nous dépayser, le fin matois s'est avisé, conter son
habitude, de sourire à sa danseuse, de lui parler, et
qui plus est, de lui offrir son bras pour regagner la
place Bréda..., il a dû entendre une voix plus creuse
qu'un puits artésien, plus rauque que le gosier d'un
serpent de village, lui lancer ces mots foudroyans :
PRITCHARD, JE TE RECONNAIS !!! — Il tressaillit, mais
il ne jugea point convenable de s'évanouir !... Il n'en
avait pas le temps, Laurent venait de donner le signal et la contredanse allait commencer !...

Tout ceci avait lieu le premier lundi du Château-
Rouge ; pourquoi donc la sécurité ne règne-t-elle
plus sur le vaste front du danseur incompréhensible ?
Pourquoi ne le rencontre-t-on presque plus que dans
les massifs les plus écartés et semble-t-il errer comme
une ombre sur ce pont auquel il a tant contribué à
donner un nom mélancolique ? — Hélas ! cela tient à
deux causes, s'il faut en croire Léontine Rumilly, et
vingt autres beautés compâtissantes auxquelles nous
avons demandé les plus exacts renseignemens ; ces
deux causes les voici : en dépit de son enveloppe
sérieuse et de sa feinte impassibilité, Pritchard a un
cœur, oh ! mais un cœur incandescent !... Ensuite les

iowais , les soi-disans peaux rouges sont partis... et
parmi ces sauvages d'une provenance plus ou moins
certaine, il y avait des *sauvagesses*... Le reste s'explique ! ! !

Pleurez, pleurez, mes yeux, fondez-vous tout en eau.
Pritchard, le grand Pritchard va descendre au tombeau . . .

Si l'on n'y prend pas garde.

Heureusement que la reine Pomaré, que la douce
Nathalie et que la toute grâcieuse Rose Pompon lui
ont offert, à l'infortuné, de ces consolations que d'autres, nous, par exemple, n'hésiteraient pas à nommer
du bonheur ! — Mais le temps seul peut guérir les
peines de l'âme, et Pritchard était amoureux de
toutes les forces de son cœur, et qui plus est amoureux..... Faut-il le dire? — De la femme du *nuage
blanc !*... Et pourtant il n'y a point d'immoralité dans
cet amour, d'ailleurs tout platonique, et puis en dépit
de son nom, Pritchard est un chaud partisan du
divorce; si ce n'est pas une utopie, c'est un système:
il n'avait donc des yeux que pour madame *Pigeon-qui-
Vole*, qualifiée de *femme nuage blanc;* cette beauté a
bien un peu l'encolure d'une farceuse de cantinière
qui aurait fait une douzaine de campagnes en Afri-
que; de plus elle louche d'un œil et n'y voit guère de
l'autre, mais encore une fois, puisque l'amour est
aveugle il ne peut pas voir si les yeux de l'objet aimé
sont placés à l'équerre voulue par la statuaire? —
Les assiduités de notre galant compatriote n'ont pas
échappé aux loustics de la troupe. Le *grand chef*, l'é-

poux de l'idole en question, a eu, dit-on, des velléités
de s'aligner avec le tendre visiteur et de faire avec lui
une partie, non de casse tête, mais de chausson, exercice auquel on prétend que le *nuage blanc* s'est beaucoup trop livré jadis dans la zone de la rue Mouffe-
tard, mais *le sorcier* qui ressemble comme deux
gouttes d'eau à un bon gros Normand, lui a fait entendre raison, et le *grand marcheur* qui veut faire son
chemin a fort bien compris qu'un particulier qui se
rendait à Valentino deux fois par jour méritait des
égards ; quant au laideron qui se trouvait l'Hélène de
l'aventure, sa réponse a été que pourvu que la recette
arrive il lui était égal d'être lorgnée par tous les .
Pritchard de l'Univers.

Quant au nôtre, le départ de sa divinité l'a laissé
dans un horrible abattement ; s'il danse ce n'est plus
que terre à terre, et quand il arrive au Château-
Rouge c'est pour aller gémir sur le pont des soupirs :
ce serait à fendre les pierres d'attendrissement que de
l'entendre se lamenter... mais le pont est en bois, il
est donc insensible comme une bûche !...

Comme seconde victime nous avons nommé ELO-
DIE ; respirons un moment et tâchons de recueillir
tout ce qui nous reste de force pour accomplir notre
tâche !... Nous venons de vous narrer les malheurs
d'une victime de l'amour !...— Sa position est cruelle,
mais en traversant les mers, ou peut-être en se rendant à la première fête foraine retrouverait-il sa

déité, sous la cahutte d'un Indien ou la tente d'un saltimbanque... mais Elodie, où retrouvera-t-elle..... ce qu'elle a perdu ?

Expliquons-nous, et toutes les femmes, lorettes ou non lorettes comprendront l'étendue de sa douleur, et lanceront avec elle un cri auprès duquel le fameux chœur de Charles VI contre les Anglais usurpateurs ne sera que de la Saint-Jean.

Or donc, tout le monde, ou du moins bien des gens savent qu'Élodie est aussi jolie que gracieuse. Un bon cœur sous une belle enveloppe est une excellente chose, mais il faut convenir que pour bien des femmes c'est un funeste présent du ciel; Élodie en offre la preuve; trop aimable pour être cruelle, trop bonne pour ne pas compatir aux peines d'autrui, elle n'avait pu voir un jeune lord s'éprendre de ses charmes, et lui signifier qu'il allait se brûler la cervelle, sans consentir à le ramener à la raison, en acceptant de lui une calèche, un riche hôtel non loin de la nouvelle Athènes; en un mot, tout ce confortable sans lequel la passion la plus violente n'est, comme l'or de Robert, qu'une vaine chimère; l'astucieux enfant d'Albion proclamait la jeune fille son idole et son sauveur; aussi pour lui complaire acceptait-elle offrandes sur offrandes; on ne pouvait rendre Milord vraiment heureux qu'en dissipant sa fortune. Élodie se sacrifiait pour que sa félicité fut complète, car au train dont roulaient les gui-

nées, cela aurait pu durer encore six grands mois, et
six mois d'amour valent plus que l'éternité !

Mais les jours se suivent et tous n'ont pas un ciel
d'azur.

Un jour donc que plus dévouée que jamais, Élodie
était sortie pour faire des emplettes, elle se dirigea
vers le Palais-Royal et jeta un regard blâsé sur tous
ces brillans étalages; des diamans, elle en avait à re-
vendre, des cachemires, sa marchande à la toilette
(toutes les lorettes ont pour le moins une *louve* ou
marchande attitrée, c'est une sorte de reptible fami-
lier, une sangsue permanente, qui sert à tous les tra-
fics et transmet au besoin les billets doux du dehors
en venant prendre à vil prix les bijoux et les recon-
naissances du dedans) sa marchande, dis-je, lui avait
déjà échangé six cachemires et trois écharpes de vrai
crêpe de chine, bref, Élodie allait quittait l'ancien
palais Cardinal sans avoir rien trouvé que Milord pût
lui offrir, quand elle avisa à la devandure de l'escalier de cristal, un magnifique coffret en vieux sèvres
monté en vermeil ; les peintures étaient sublimes, la
garniture resplendissante.... Impossible de passer
outre, ce coffret trop semblable comme on va le voir
à celui de Pandore, exerçait sur notre belle étourdie
un effet magnétique, une attraction irrésistible :
— Combien ce joli meuble ? — Une misère : trois
mille francs ! — Milord avait déjà dépensé tant de

fois des mille écus que le prix du coffret rendit Élodie
toute rêveuse, et pourtant, nous l'avons dit, une im-
pulsion secrète la faisait revenir sans cesse auprès de
ce fatal objet ; enfin une idée soudaine lui passe par
la tête, Élodie redoute que son anglais ne se récrie sur
une telle dépense, quelques paroles perfides, vagues
précurseurs d'un prochain ouragan, ont échappé le
matin des lèvres du jeune lord, oui, il a balbutié les
mots de prodigalité, de folles dépenses ! — Que faire ?
— Avoir recours à la ruse. — Élodie avait amassé des
économies : elle possédait quinze cents francs ! — Une
lorette pur sang avoir des économies ! — Pourquoi
pas ? On dit bien que Cécile Darcourt a un livret à
la caisse d'épargne ! —Élodie prend son parti. — Te-
nez, dit-elle au marchand, voici la moitié de vos
mille écus, demain matin un anglais, vêtu de telle
manière, viendra marchander ce coffret, vous le lui
laisserez à quinze cents francs il vous paiera. — Le
marché conclu, notre merveilleuse rentra à l'hôtel en
toute hâte ; Milord était étendu sur un divan et lisait
une lettre avec tant d'attention qu'il n'apperçut pas
d'abord Élodie. Cette lettre était celle d'un tuteur se-
vère, et tout le monde sait de quelle encre sont leurs
lettres, des tuteurs et des oncles. Aussi le jeune homme
était-il dans un profond abattement ; qu'il fallut alors
d'ingénieux détours, de caresses étudiées, de fines mi-
gnardises, d'astucieuses coquetteries de truffes et de

Xérès pour ramener un peu de gaité sur ce front soucieux, pour hazarder une première parole relative-
ment au petit coffre de porcelaine, mais il n'est dit-
on que les françaises pour opérer de ces prodiges; s'il
n'y a plus de sorciers au monde, il y aura toujours
des magiciennes à **Paris**; Élodie fit tant et si bien, à
l'aide d'un repas succulent et de vins délicieux pour
faire oublier à l'insulaire sa lettre et son tuteur: il pro-
mit d'aller dès le lendemain chercher le coffret. On
devine bien qui ne dormit pas, enfin, Milord se lève,
la tête lourde, mais l'humeur encore joyeuse, le voilà
qui s'habille, il a pris sa bourse, il est parti !... — Dans
son anxiété, Élodie se lève en toute hâte; point de
corsets, point de robe agraffée, mais seulement une
robe de chambre que recouvre une pelisse; elle double
le pas, l'anglais est déjà rue **Laffitte**, elle le voit traverser devant le café anglais, elle respire, le voilà rue
Richelieu, rue **Vivienne**, plus de doute c'est bien au
Palais-Royal qu'il va se rendre en effet, il entre à
l'escalier de cristal; le marchand aura tenu parole :
Milord reparait, il tient le coffret, il le tient et sa figure exprime l'étonnement, il s'arrête tout pensif dans
le jardin, enlève le papier qui enveloppe son emplette,
qu'il semble admirer, puis il remet le papier et à cent
pas plus loin le même manége recommence.

Élodie qui semble jouer à cache cache avec son ami,
épie tous ses mouvemens et le voit enfin reprendre le

chemin de l'hôtel; pour cette fois elle ne se sent pas de
joie, elle ne pense plus au sacrifice de toutes ses épar-
gnes : elle a son coffret ! Dans sa folle allégresse, elle
serait tentée de conter son aventure au premier passant, mais elle se trouve justement devant sa marchande de modes', c'est une ancienne compagne , et
la confidence qu'elle va lui faire n'est pas la première
que les deux amies aient échangées depuis leur enfance. La joie rend prolixe et aiguise l'appétit, la tasse
de café au lait ne peut se refuser , encore moins les
tartines de pain grillé couvertes de beurre, et le petit
verre de Cognac que la modiste ne manquait jamais
de prendre le matin pour faciliter la digestion. Tout
cela prit beaucoup de temps, et quand la pendule son-
na onze heures, Élodie s'écria comme en sortant d'un
profond sommeil ; ah ! mon Dieu ! que dira Milord ?
et vite et vite elle reprit sa course.... Point n'était besoin de tant se presser : quand la jeune fille mit le
pied sous la porte-cochère , la fille du portier, élève
du Conservatoire, quitta nonchalemment son piano
sur lequel elle tappottait un fragment du Désert, et
daigna remettre une lettre à Élodie, elle était du plus
infâme de tous les hommes, de lord L.....!!... écoutez
et partagez mon indignation : »

« Chère amie,

« Mon tuteur est arrivé presqu'aussitôt que ma

« lettre ; il a été aussi inexorable qu'expéditif; en
« une heure, les chevaux, la voiture ont été vendus et
« les valets congédiés.... Quant au coffret que j'ai ache-
« té 1,500 francs, mon tuteur l'a trouvé si bon mar-
« ché qu'il me l'a demandé pour l'offrir a sa nièce
« que je vais épouser...... Impossible de le lui refuser,
« je pars donc avec le regret de ne vous avoir pu voir
« encore une fois, mais croyez toujours qu'en dépit
« du riche mariage que je vais faire, je ne vous ou-
« blierai jamais et la preuve, c'est qu'à l'inçu de mon
« tuteur, je vous laisse avec la présente que j'arrose
« de mes larmes.... une mèche de mes cheveux. »

Lord P***.

P. S. T. Le terme de l'hôtel est payé, vous pour-
riez bien y rester jusqu'au 15 juillet, seulement vous
feriez bien de vous procurer des meubles, attendu
que le tapissier vient de reprendre les siens.

Peindre le désespoir, la fureur d'Élodie serait au-
dessus de notre pouvoir; l'intérêt compromis, c'est
beaucoup, mais qu'est-ce que l'intérêt auprès de l'a-
mour propre froissé et un amour propre de jolie
femme et de lorette? Jugez un peu, *être faite au même
par un anglais* !!!! Oh! ce mot-là doit retentir dans
tous les cœurs, révolter toutes les âmes ! Aussi Élodie

n'ose-t-elle plus s'approcher de ses anciennes compagnes et reste-t-elle toujours à l'écart.

Il n'est pas de projet extravagant qu'elle n'ait été sur le point de mettre à exécution pour aller rejoindre son volage; elle ne songeait à rien moins qu'à lui arracher les yeux et à briser le funeste coffret.... Mais le temps et le neveu d'un duc et pair vinrent à bout de calmer tant d'effervescence ; Élodie semble résignée maintenant, mais qu'on ne s'y fie pas trop, et que l'Angleterre sache bien qu'elle a en elle une ennemie implacable, et que si elle se contente quant à présent, de venir promener sa tristesse et ses regrets dans nos allées ombragées, c'est un feu caché sous la cendre... Que l'horizon politique se rembrunisse, que la guerre éclate entre la France et ses anciens rivaux, et l'on verra peut-être un nouvelle Jeanne d'Arc quitter le *pont des soupirs* pour s'élancer à la frontière.

L'HOMME DE FEU.

Si le Château-Rouge avait encore toutes les dépendances qui l'entouraient au temps de la belle Gabrielle, son parc n'aurait pas moins de 29 arpens, et l'on pourrait y donner des fêtes gigantesques, de fastueux carousels et y tirer des feux d'artifice de premier ordre, Tout est bien changé, et soit bonheur ou malheur, les vingt-neuf arpens ont été morcelés de telle sorte, que c'est encore un prodige qu'il soit resté autour de la princière demeure toutes ces avenues,

tous ces bosquets que M. Bobœut, tout à la fois propriétaire et directeur est parvenu à soustraire aux en-
vahissements des batisseurs. Tel qu'il est, son parc ou
son jardin, comme on voudra l'appeler est délicieux
et le sera encore davantage quand d'importans tra-
vaux seront terminés dans les parties Est et Sud-est,
mais comme avant tout il faut savoir tirer partie des
localités, on est parvenu à organiser sur une échelle
proportionnée et d'une façon fort ingénieuse des feux
d'artifices fort bien combinés; les pièces pyrothec-
niques plaisent surtout quand elles n'offrent aucun
danger. Parmi celles qui ont obtenu le plus de succès
au nouveau Tivoli, il faut citer *l'homme de feu* et le
moulin de sans souci.

On dit les romains de nos jours très experts dans l'art
de l'artificier, nous doutons qu'ils puissent faire quelque chose de mieux que M. Charrois..

LE BOUQUET.

C'est au bout du grand tapis vert que se tirent les
feux d'artifice; comme le terrain forme une pente
douce, tout le monde peut voir sans la moindre gêne;
mais comme l'éclat des candélabres de gaz pourrait
nuire à l'effet, on les baisse de manière à ne produire
qu'un demi-jour dès que les spectateurs sont en place,
et que part la bombe d'appel; personne ne se hazarde
à quitter avant la fin, attendu que les bouquets sont

toujours fort jolis et que tout le monde le sait ; mais
aussitôt le feu terminé, il suffit d'un coup de clé pour
rendre aux lustres, aux candélabres, leur clarté première ; ceci produit en quelque sorte un éclair spon-
tané et le coup d'œil est enchanteur, au moment où
la clarté renaît et se répand sur toutes ces toilettes,
comme sur tous ces jeunes visages de femmes. Un
pareil tableau produit un effet de diorama de la plus
brillante variété.

PANORAMA DES ENVIRONS DE PARIS,

Vu du Château-Rouge.

Je me souviens d'avoir dit, il y a bien des années, dans l'une de mes chansons :

> Si je puis avoir la chance,
> Mais, sans fortune et sans nom,
> D'être un seul jour roi de France,
> Pendant mon règne peu long,
> Vingt-quatre heures en riole
> Le peuple au moins chantera :
> Eh! lon, lon, la, la gaudriole
> Française et folle,
> Toujours vivra!...

Sans renier, tant s'en faut, un refrain auquel s'associeront tous les viveurs-patriotes, je pense que j'aurais dû ajouter, en suivant la même supposition, une large et énergique part en faveur de l'inventeur des panoramas ; oui, un pareil homme a trop bien mérité de tous les pays pour qu'on ne cherche pas à l'en récompenser ; or donc, si j'étais roi de la chanson, Béranger par exemple, je voudrais lui accorder l'une de mes plus belles odes ; en France la chanson peut encore porter avec elle un brevet d'im-

mortalité; si j'étais roi pour tout de bon, ayant sous la main
des honneurs à offrir et un budget à égrainer, je voudrais
que mon homme eût sur la poitrine une radieuse étoile et
dans son gousset une bonne et encourageante prébande;
inutile d'ajouter que ce que j'accorderais a l'inventeur et
aux continuateurs des panoramas le serait également aux
fondateurs et aux continuateurs du Diorama. Mais laissons
la fiction et revenons bien vite à la réalité; nous ne
sommes point monarque et tout porte à croire que nous
resterons longtemps sans l'être, mais en revanche nous
avons de bons yeux, nous pouvons donc jouir de l'admirable panorama vivant qui s'offre à nous, dans la plus vaste
échelle, dès que nous sommes au *belvéder* du Château-
Rouge.

Il est peu de point aussi admirablement situé pour dé-
couvrir de toutes parts un immense horizon; à l'œil nu
on découvre parfaitement jusqu'à 50 kilomètres de distance et avec une lunette ordinaire jusqu'à 80 kilomètres
et plus — Si l'horizon est ou paraît être circulaire, la
terre est-elle bien sphérique, et si avec les instrumens ac-
tuels on découvre si loin, ne pourrait-on pas apercevoir
bien d'autres contrées avec des instrumens proportionnés?
Dirait-on alors que la terre est ronde comme une boule?
Mais voilà bien assez de science comme cela, songeons au
positif, c'est-à-dire à notre bal et puisqu'un si admirable
coup d'œil s'y trouve offert aux visiteurs, devenons leur *ci-
cérone*, et sans sortir pour cela du Château-Rouge, con-
tentons-nous d'indiquer par un très rapide aperçu les
principaux endroits qui nous apparaissent dans la zone
qui se déroule à nos regards.

En nous tournant donc vers le Nord, une longue ai-

guille se dresse devant nous, c'est Saint-Denis, c'est le
tombeau de nos rois; Louis XIV a pâli devant cette ai-
guille et c'est à elle que l'on a dû la folie de Versailles!...
En mourant, Louis XIV léguait à la France trois milliards
cent onze millions de dettes, et il avait fait tuer plus d'un
million d'hommes!...

La Chapelle, jadis appelée *la chapelle Sainte-Geneviève*.
En 1427 une compagnie de Bohémiens ou Égyptiens y fut
logée.

Aubervilliers. — Une image de la Vierge y opérait
jadis des miracles, au dire du vulgaire. En 1815, Aubervilliers fut pris et repris plusieurs fois. Les gardes nationaux
de Paris allèrent attaquer les Prussiens jusque dans le
centre de ce village.

Saint-Ouen. — Le roi Jean y institua, en 1351, l'ordre
des chevaliers de l'Étoile; en 1745 le duc de Gesvre veni t
la terre de Saint-Ouen à la Pompadour. En mai 1814,
Louis XVIII s'y arrêta; la Charte fut publiée en juin suivant. Le château, rebâti en 1823, devint la propriété de
madame Du Cayla.

L'Ile St-Denis ; elle appartenait au dixième siècle à
un nommé Bouchard-le-Barbu, ennemi juré des moines ;
le roi Robert qui les aimait, sachant que le Barbu faisait
enrager la monacaille de St-Denis, lui donna en échange
une forteresse nommée *Montmorency*, C'est l'origine de la
maison de ce nom.

Montmorency conserve encore quelques vestiges d'anciennes fortifications. Il n'est pas une lorette qui ne con-
naisse ce charmant pays, son joli bois et ses ânes intelli-
gens.

Enghein-les-Bains. — Les jolies femmes prétendent

que les eaux d'Enghein sont souveraines pour guérir les vapeurs et rendre sensibles les gen'lemens des bords de la Tamise.

L'Ermitage, maison située près de Montmorency, rendue célèbre par le séjour qn'y ont fait J.-J. Rousseau et Grétry.

Les Champeaux. — Terre située au-dessus de Montmorency et qui appartient á M. de Champeaux, l'un de nos volontaires, partis dans la révolution, et qui ont gagné leurs grades sur le champ de bataille; le nom de ce valeureux général est gravé sur l'arc-de-triomphe de l'Étoile.

Écouen. — Son château a été bâti par le connétable Anne de Montmorency. C'est là qne fut donné, en juin 1559, l'édit qai condamnait à mort les Luthériens.

St- rice — Le château a appartenu au maréchal Magdonal.

Cassant (château et bois de). — Séjour enchanteur, près de l'Ile-Adam.

Sarcelles, joli pays.

Chantilly. Château magnifique, pays célèbre pour ses blondes de soie et les courses du Jockey-Club.

Au **Nord-Est**, c'est :

Ermenonville. — Encore l'un des châteaux de Gabrielle; c'est là que mourut J.-J. Rousseau, le 2 juillet 1778 et qu'il fut inhumé dans l'Ile des Peupliers, à la place d'un pupitre en pierre qui servait autrefois à des concerts; on creusa une fosse, on y descendit le cercueil et l'on écrivit sur la maçonnerie : *Hic jacent ossa J.-J. Rousseau.*

Livry. — Malherbe et madame de Sévigné ont habité Livry.

Garges, entre Stains et Arnouville ; arrosé par la rivière de Croux.

Gonesse, pays fameux dans les annales des mitrons ; c'est à Gonesse que Philippe-Auguste a vu le jour en 1165.

Louvres. Raoul de Presle prétend que cette patrie des bons fromages est aussi ancienne que Paris.

Roissy. — Ce château a appartenu en 1,719 au trop fameux Law.

Au Nord-Ouest nous appercevons :

Genevilliers. — En 1,740, lors de la grande inondation où la Seine, à Paris, atteignit le deuxième étage du port au blé, ce village fut presque entièrement détruit.

Argenteuil. — Il eût dès l'an 665 un monastère de filles, et par malheur elles ne furent guère plus sages qu-bien des siècles après les Nonnes de Montmartre. Le Monastère d'Argenteuil prétendait posséder une robe sans couture de Jésus; d'autres disent de Charlemagne. En 1,470 le parti d'Orléans pilla la châse qui contenait cette relique, et brisa les fonds baptismaux. Depuis lors la robe a été retrouvée et Argenteuil est devenu un vignoble fort apprécié des gourmets de la barrière. Héloïse, l'amante d'Abeilard, fut prieuse de l'abbaye d'Argenteuil.

Bezons. — Les eaux sont conduites dans l'une des plus belles maisons de Bezons par un moulin à vent.

Maubuisson. — A eu un abbaye de filles fondée en 1,236 par la mère de Louis IX. — La trop fameuse Marguerite de Bourgogne, femme de Louis le Hutin, et ses deux belles-sœurs, Jeanne et Blanche vécurent dans cette maison et y eurent des intelligences avec deux frères, Philippe et Gaultier d'Aulnay et un moine, l'évêque de St-Georges.

Montgeron possède un beau château.

Au Sud on découvre :

Bièvre. — Son nom dérive de celui d'une espèce de loutre qui se trouvait dans la rivière de ce nom. La terre de Bièvre a appartenu au général Junot.

Bellevue. — Château bâtit pour la Pompadour ; on lit à l'entrée des bosquets :

> Laissez sur leurs tiges nouvelles
> Les fleurs qui parent ces bosquets;
> Car la fraîcheur est aux bouquets
> Ce que la pudeur est aux belles.

Berni. — Le château est de François Mansard,

Sceaux-Penthièvre. — En 1,700 cette terre fut achetée par le duc du Maine. Florian, l'auteur d'Estelle, habita long-temps Sceaux. Il y a là un bal... dont nous donnerons incessamment la Physiologie.

Arcueil. — A eu un aqueduc au troisième siècle ; l'aqueduc actuel a été construit au seizième par Jacques de Labrosse et par ordre de Marie de Médicis.

Arpajon. — Ci-devant Châtres, porte ce nom depuis 1,721.

Atis. — Village arrosé par la Seine et la rivière d'Orge, délicieuse résidence. Dans un bosquet du jardin, on voyait le tombeau de la chienne du duc de Roquelaure. Mlle Scudin fit son épitaphe en 1,717.

Ablon. — Les protestans y eurent une prêche avant l'abjuration de Henri IV ; l'homme aux rigueurs *salutaires*, Louis XIV fit démolir ce temple.

Au **Sud-Ouest :**

Jouy, connu par ses manufactures de toiles peintes.

...ue, remarquable par son aqueduc et ses sources d'où jaillit la Bièvre.

Châteaufort, célèbre dans les petites guerres que se livraient les seigneurs au moyen âge. — Au dixième siècle il avait une forteresse, et au treisième une léproserie. — Dès le onzième siècle les seigneurs de Montlhéry bloquèrent Paris depuis Corbeil jusqu'à Chateaufort et pillièrent les voyageurs et les marchands.

Chevreuse, l'une des plus anciennes villes de l'Ile de France ; elle fut prise par le duc de Bourgogne sous Charles VI, puis après par le roi d'Angleterre qui la garda jusqu'en 1,448.

Le **Plessy-Piquet**, appartenait au douzième siècle à un nommé Raoul.

Chatou. — Son pont n'existe que depuis le dix septième siècle.

Croissy. — Ancien prieuré qui eût, entre autres, pour chef l'abbé Vertot, l'auteur des révolutions romaines, etc.

Conflans, dont le vignoble affecte de petits airs de Bourgogne, possède un ancien manoir où le roi Jean et Charles VI ont demeuré.

Clichy-la-Garenne. — St-Médard, le plus humide de tous les saints, est depuis l'an 545, époque de sa mort, le patron de ce village ; c'est là que se tenait en 1,795, 1,796, 1,797 le club anti-révolutionnaire dit *la Société de Clichy*. En 1815, les Anglais et les Prussiens pillèrent tout ce pays.

Asnières. — On y a fait d'importantes découvertes archéologiques.

Ville d'Avray, devenu célèbre par la campagne de

1815. — Les Prussiens poussés par le général Excelmans, furent reçus à Ville-d'Avray par le général Piré, et y perdirent les deux plus beaux régimens de leur armée, ceux de Brandebourg et de Poméranie.

On trouve à Ville-d'Avray, nombre de belles maisons de campagne ; l'unes des plus remarquable appartient à une ancienne demi-vertu du boulevart Italien; une autre à une ancienne loueuse de chaises de Saint-Roch. — Un joli château gothique vient d'y être élevé par M. Heudebert dans le terrein dit : les cinquante arpens.

Versailles. — Petit hameau avant Louis XIII qui en fit un rendez-vous de chasse, cette ville a passé par bien des épreuves; d'abord la demeure d'un roi prodigue, puis le triste témoin des désordres d'un monarque dévot et libertin ; c'est avoir rehabilité Versailles que d'en avoir fait le sanctuaire des arts.

St-Germain et sa Terrasse. — Les Anglais s'emparèrent de cette maussade ville en 1,356, 1,419 et 1,815. — Cette dernière fois après les Prussiens; ceux-ci s'y conduisirent fort bien et les Anglais fort mal. C'est à St-Germain que s'éleva sous Charles IX la première manufacture de glaces; le procédé fut apporté par un Vénitien, Tesco Mullo. C'est à St-Germain qu'eut lieu la célébration du mariage de François 1er.

Là se trouve encore l'un ces châteaux qu'aimait tant la belle Gabrielle; Henri IV fit bâtir pour elle le château neuf à deux cents toises de l'ancien Castel. — Louis XIV naquit à St-Germain, mais on sait pour quel motif, plus tard il n'y séjourna pas.

L'étendue de la forêt est d'environ 6,550 arpens.

Le Pecq, affreux village qui n'est guère habité que par
les blanchisseuses et les usuriers qui tiennent, les unes les
hardes, les autres la bourse des jeunes gens de St-Germain.

Le bois du Vésinet a longtemps porté le nom de *Bois
de la Trahison* : on prétendait jadis que le preux Roland y
avait été assassiné par Ganelon.

Maisons-Lafitte, charmant endroit que Voltaire affectionnait.

Vernouillet, tout près de Triel ; le vin de Vernouillet
est d'une saveur particulière, et à la vertu d'inspirer une
surprenante gaité, aussi l'a-t-on célébré dans nombre de
chansons.

Épinay-lès-St-Denis. — Les rois de la première race
y avaient une maison de plaisance. Dagobert y fit son tes-
tament, y tomba malade et se fit transporter de là à St-Denis où il mourut.

Limours. — Cette terre a été donnée par François 1ᵉʳ à
la duchesse d'Étampes.

La Malmaison. — Elle était les délices de la bonne
Joséphine; en 1814, le 26 mai, l'Empereur Alexandre vint
visiter l'ex-impératrice dans ce château, et trois jours après
la meilleure des femmes n'existait plus!... Le 1ᵉʳ juillet 1815
la Malmaison fut pillée par les Anglais.

Bougival, c'est dans son église bâtie au douzième siècle
que repose *Rennequin Sualem*, seul inventeur de la machine
de Marly.

Luciennes ou Louveciennes. — On y voit encore le pa-
villon bâtit pour la Dubarry, maîtresse de Louis XV ; ce
château avait coûté plus de six millions.

Marly-le-Roi. — Louis XIV, lassé au déclin de sa vie et
du luxe et de la foule de Versailles, transforma le vallon
marécageux situé derrière Luciennes, en un délicieuse re-

traite. St-Simon nous assure que ce Marly coûta plus cher que Versailles.

Port-Marly, son aqueduc n'a pas moins de 600 pieds d'élévation, c'est de là que l'eau de la Seine est portée à Versailles.

Rambouillet. — François 1ᵉʳ y mourut en 1,547. — On n'osa pas faire emploi du mercure pour le guérir, et pourtant grâce à ce procédé, tout nouveau alors, on avait rétabli un illustre prélat : soyez donc roi !

A l'**Est** la vue est immense: c'est tout d'abord :

Les **Prés-St-Gervais**; c'est là qu'est situé l'aqueduc le plus ancien de tous ceux qui fournissent de l'eau dans la capitale.

Romainville. — On plonge pour ainsi dire dans ce charmant pays du haut du Château Rouge; que de tendres souvenirs et que d'actions héroïques son nom rappelle; avant que les bâtisseurs n'eussent morcelé son joli bois, détruit les touffes de lilas qui se trouvaient placées entre Romainville et Belleville, c'était là le doux rendez-vous de bien des amoureux, le but de promenade d'une foule de Parisiens. Quand l'ennemi est venu souiller nos campagnes et dévaster la banlieue, quand un R.... lui vendait Paris, on s'est battu avec acharnement à Romainville, comme aux *Prés-Saint-Gervais*, comme tout autour de Paris; dans le but de payer un juste tribut de regret au Romainville d'autrefois, à ses bosquets, à ses lilas, nous avons composé la chanson que voici :

LES LILAS.

Air : *Ermite, bon ermite*

———

Que votre ombre légère,
Frais lilas, soit toujours
Propice au doux mystère ,
Favorable aux amours.

———

Près de la grande ville,
Le Ciel, en sa bonté,
Plaça de Romainville
Le séjour enchanté.
Tel un roc immobile
Domine l'Océan,
Tel un ruisseau tranquille
Coule au pied d'un volcan.

———

Que votre ombre, etc.

———

Le front des cathédrales,
Les dômes des cités,
Par des foudres brutales
Trop souvent sont heurtés!

Sous l'onduleux feuillage
Des modestes lilas,
Presque toujours l'orage
Passe et ne frappe pas !...

———

Que votre ombre, etc.

———

D'un couple qui s'oublie
Sous ces heureux bosquets,
Nul écho ne publie
Les sermens, les secrets;
La feuille qui s'agite
Trompe les indiscrets,
Le gazon renaît vite
Et les bois sont muets.

Que votre ombre, etc.

Quoi! la terre est couverte
De billets déchirés,
C'est une guerre ouverte
Entre amans égarés.
La guerre!... quel délire!
Par suite quels regrets!
Mais là-bas on soupire :
C'est un traité de paix!

Que votre ombre, etc.

Par des destins bizares,
J'ai vu de ces berceaux
Les chevaux des barbares
Devorer les rameaux!
J'ai vu leur tige humide
Et de sang et de pleurs!...
Plus d'un brave réside
Sous ces touffes de fleurs.

———

Que votre ombre, etc.

———

Sans perdre la mémoire
De ces nobles revers,
Par des récits de gloire
N'attristons pas nos vers...
A de tendres prouesses
Il vaut mieux nous livrer,
De vin et de caresses
Il faut nous enivrer!...

———

Que votre ombre légère,
Frais lilas, soit toujours
Propice au doux mystère,
Favorable aux amours.

———

Bagnolet. — Célèbre par une chanson de Béranger ; ce fut à Bagnolet qu'un jardinier, Girardot, mis en usage pour la première fois les jardins divisés par murs de refend, dont l'utilité fait la richesse de Montreuil.

Montfaucon; jadis occupé par un gibet auquel fut pendu entre autres Enguerrand de Marigny, ministre de Philippe-le-Bel, dit le *faux monnoyeur ;* juste punition du féroce ministre qui provoca le supplice des Templiers et fit prononcer l'anéantissement de cet ordre auguste ; l'ordre subsiste encore et le nom de Marigny est voué à l'exécration de la postérité.

Vincennes. — Louis IX venait souvent habiter la maison bâtie par Louis VII ; on en voit encore quelques traces entre le château actuel et St-Maur ; d'un palais princier on a fait une prison, et trop souvent les lettres de cachet y ont envoyé nombre de victimes ; on se demandait avant 1830 s'il n'y avait pas moyen qu'une forteresse ne changeât pas sa destination toute militaire, et qu'un commandant de place ne fût pas un geôlier à épaulettes ?

Bondy. — L'histoire fait mention de Bondy au septième siècle. Le roi Chilpéric fut assassiné dans la forêt de ce nom.

Gournay (sur Marne). — Henri IV y fit bâtir, en 1592, un fort armé de canons.

Saint-Gratien a été illustré par le séjour et la mort de Catinot (22 février 1712).

Nogent-sur-Marne. Le peintre Antoine Wâteau y est mort en 1721;

Noisy sur-Marne. Chilpéric Ier y logeait avec sa femme Frédégonde. Quand Henri IV s'approcha de Paris, le légat se rendit à Noisy avec le cardinal de Gondi Villeroy.

Montfermeil; cette terre relevait jadis de l'abbaye de

Chelles. Le seigneur qui en prenait possession était obligé de se présenter tout nu, le corps ceint d'une corde, à l'abbesse de Chelles.

Chelles. — Clotilde, femme de Clovis Ier, a fait bâtir une nhapelle et y a été enterrée. Les nonnes de l'abbaye de Chelles étaient pour le moins aussi frinquantes que celles de Montmartre.

Lagny. En 1544, Lagny s'étant révoltée, fut vaincue par le maréchal de Lorges. Au lieu de mettre la ville au pillage, il donna le soir même une fête où furent invitées toutes les dames... tout à coup les portes se ferment, les lumières s'éteignent, et les bourgeoises, aussi surprises qu'enchantées, sont livrées à la passion des vainqueurs !...

Luzarches. — Louis IX s'y rendait souvent dans l'abbaye de Royaumont, fondée par lui ; ç'a été depuis une filature de coton. La spirituelle actrice, Arnould, a occupé la maison des pénitens.

Dammartin. — Les débris de son vieux château de briques piquent encore la curiosité des voyageurs ; la poudre elle-même n'a pu faire sauter les tours, on n'est arrivé qu'à produire des fentes verticales, aussi dit-on de Dammartin, que son château *crève de rire*.

Longchamps, qui possède une abbaye fondée au treizième siècles par Isabelle de France, sœur de saint Louis. — Vers le milieu du quatorzième siècle les religieuses étaient bien relâchées de la règle ; Henri IV séjournant dans ce couvent devint amoureux d'une jeune nonne nommée Catherine de Verdun ; pour la récompenser de sa complaisance il nomma son frère président du parlément de Paris, en revanche la nonnette lui laissa un *souvenez-vous de moi*.

Madrid, dont le château fut bâti par François Ier à son retour d'Espagne. En 1656, fut établit au château de Madrid la première manufacture de bas au métier.

Au **Sud-Est** la vue n'est pas moins spacieuse; nous y remarquons :

Plaine d'Ivry, fameuse par la bataille gagnée par Henri IV.

Le **port à l'Anglais,** près d'Ivry; il prend son nom de Thomas l'anglais qui, l'an 1,300, possédait dans ce lieu une cabane et un bac.

Bicêtre. — Jean, évêque de Wincester, en Angleterre, fit en 1,290 construire un château à la place d'un bâtiment nommé jadis la Grange-aux-Queues. Ce château rebâtit plusieurs fois, porte le nom de son fondateur Wincester, dont on a fait Bicêtre. C'est dans cet horrible hopital qu'a été renfermé l'homme qui a trouvé le moyen d'utiliser la vapeur.

Choisy. — Il avait jadis un château où se rendait souvent Louis XV et la Pompadour; il possède à présent des manufactures.

Étioles —M. le Normand, fermier général et mari de la Pompadour en était seigneur; c'était un brave homme qui méritait une autre femme; après avoir fait beaucoup de bien, avoir possédé une immense fortune il est mort à la fin du siècle dernier dans une affreuse misère.

Fontenay-aux-Roses. — Ce village avait la charge autrefois de fournir de roses la cour et le parlement, chaque année au mois de mai.

Franconville. — Charmante demeure, accidentée avec un art admirable.

Fresnes. — Superbe château qui a appartenu à la famille d'Aguesseau.

Gros-Bois, près Brie Comte Robert; son parc de 1700 arpens a appartenu au prince Louis.

Brunoy. — Louis XV l'érigea en marquisat pour récompenser les services de M. Paris de Mont-Martel, fermier général et de plus l'obligeant mari que l'on donna à une femme du Parc-aux-Cerfs. Talma avait une maison à Brunoy.

Une antiquité qui n'est foudée que sur des bases incertaines et que la force des choses soumet à des chances multipliées, ne saurait offrir d'éléments raisonnables d'avenir et de durée, ni pour elle-même ni pour son voisinage. Ici les chances sont mille fois plus heureuses et les conditions bien autrement certaines. Le Château-Rouge n'a point à redouter les contrariétés qui résultent de la lutte qui subsiste toujours entre les propriétaires et les locataires, contrariétés qui sont poussées parfois si loin qu'elles ont pour conséquence la ruine ou tout au moins la retraite des tenanciers et par suite le changement de destination de la propriété; on pourrait apporter mille exemples à l'appui de cette assertion.

Ici, tout cela est différent; une seule personne est propriétaire de l'immeuble, c'est M. Boboeuf, maître absolu, doué d'autant d'énergie que de bon vouloir, il a la spontanéité de la jeunesse et l'expérience prématurée que donnent l'éducation et le goût; à lui donc le droit d'ordonner, à lui les améliorations successives, travaillant sur son propre fond il ne saurait rien faire qui fût perdu pour lui et la vogue qui tout d'abord s'est emparée de son établissement ne contribuera pas peu à redoubler son courage, à aiguillonner son imagination.

D'un autre côté, grâce au zèle éclairé de M. Biron, le maire actuel, grâce aux excellentes dispositions du conseil municipal de Montmartre, Clignancourt qui en est l'annexe, subit une transformation complète et tout-à-fait en rapport avec le brillant quartier qui a été pour ainsi dire improvisé dans les dépendances et aux abords du Château-Rouge ; encore un an et la chaussée qui a tellement été adoucie sera bordée de larges trottoirs, l'écoulement des eaux dont on s'est déjà occupé sera parfaitement établi ; d'un autre côté l'eau de la Seine jaillira de plusieurs points donnés, et de nombreux becs de gaz achèveront de donner à la voie publique, à la circulation des voitures toute la sécurité possible.

Heureux le pays qui possède des administrateurs aussi préoccupés du bien public et qui savent comprendre que c'est en rendant le séjour d'une commune facile et agréable que l'on y amène de nombreux visiteurs, qu'on centuple le nombre de ses habitans et qu'en y donnant un prix nouveau aux propriétés, on fait fleurir le commerce et l'industrie.

Un établissement capital, comme est le Château-Rouge, est aussi d'une haute importance pour tous ses voisins, propriétaires et marchands ; ici le *Nouveau Tivoli* a fondé pour ainsi dire une ville là où depuis le treizième siècle il n'y avait eu qu'un petit village ; tout le monde doit donc faire des vœux pour qu'un succès durable devienne la récompense de l'homme à qui tant de personnes devront en quelque sorte leur bien-être et leur avenir.

En outre d'un bal de premier ordre, tel que le Nouveau-
Tivoli, la commune de Montmartre possède depuis long
temps un joli théâtre, qui a toujours été fort suivi, mais
qui mérite actuellement de l'être encore d'avantage. Nous
croyons devoir en parler ici, puisque nous avons esquissé
l'historique de toute cette partie de la banlieue et que nous
ne pouvons mieux faire pour terminer notre travail.

On sait que le privilége des théâtres de la Banlieue fut
accordé à M. Séveste père, le 22 août 1817, et qu'en 1821
il fit construire en cinq mois la salle de Montmartre ; une
troupe de drame et de vaudeville fut attachée d'abord à ce
théâtre; on y adjoignit plus tard une troupe d'opéra-co-
mique. — En 1829, MM. Séveste fils et successeurs du fondateur, cédèrent leurs droits à MM. Barthelemy et Filliot
qui ne tinrent que deux années; en conséquence, MM. Séveste reprirent la direction, mais le nombre de théâtres
qu'ils ont à exploiter les a déterminés néanmoins à remettre
celui de Montmartre entre le mains de M. Daudé; on ne
pourrait faire un meilleur choix, artiste estimé de l'Opéra-
comique, administrateur éclairé et de la plus incessante
activité, M Daudé devait ouvrir à ce théâtre une ère nouvelle sous le triple rapport du répertoire, de la troupe et des
embellissemens, trois mois ont suffi pour opérer un changement complet.

Une salle coquette, où les peintures et les velours ont été
prodigués, l'orchestre bien autrement nombreux que par
le passé et composé d'artistes appréciés, un personnel d'é-
lite et notamment tout un essaim de femmes jeunes et
toutes jolies, un repertoire sans cesse renouvelé et auquel
de riches décors et des costumes les plus frais prêtent un attrait nouveau ; voilà quels moyens M. Daudé a eu re-

cours pour que son entreprise devienne la digne rivale des
théâtres de Paris les mieux dirigés et les plus variés.

Grâce à d'aussi habiles dispositions, les jeunes auteurs ,
les compositeurs qui aspirent à être représentés un jour
sur nos grands théâtres lyriques , peuvent voir apparaître
leurs premiers ouvrages sur l'élégante scène de Montmartre.

Depuis que M. DAUDÉ dirige ce théâtre, nos plus belles
partitions y sont exécutées régulièrement trois fois par semaine; les autres jours sont consacrés à la représentation
des ouvrages les plus en vogues; tant d'efforts doivent être
appréciés par le public, aussi faut-il reconnaître qu'une
société choisie, qu'une foule de jolies femmes ne manquent
jamais de se rendre dans notre coquette bonbonnière.

THÉATRE MONTMARTRE.
TABLEAU DU PRIX DES PLACES.

Avant-Scène	2 fr.	50 c.
Premières Loges de face	1	75
Stalles de Balcon	1	75
Premières Loges de côté	1	50
Stalles d'Orchestre	1	50
Baignoires	1	25
Première Galerie	1	»
Orchestre	1	»
Parterre	»	75
Deuxième Galerie	»	70
Amphithéâtre	»	50

FIN DU BAL MABILE

ERRATUM

Nos lecteurs se seront aperçus qu'une erreur typographique s'est glis-
sée dans la première livraison des Physiologie (BAL MABILE) et les Champs-
Élysées datent de 1660 et non de 1760.

AVANT DÉJA PARU :

1re Livraison, **BAL MABILLE**, prix 25 cent.

2me et 3me Liv., **NOUVEAU TIVOLI** (Château-Rouge)

SOUS PRESSE :

PHYSIOLOGIES :

DU RANELAGH.
DE LA GRANDE CHAUMIÈRE.
DE LA CHARTREUSE.
DU BAL DE SCEAUX.
etc., etc., etc.

NOTA. Les Physiologies des *Bals d'Été*
formeront un premier volume
Celles des *Bals d'Hiver* formeront le
second.
En souscrivant chez l'ÉDITEUR, rue Meslay, 29, pour dix PHYSIOLOGIES, on les
recevra *franco* à domicile.

Imprimerie de Chassaignon, rue Git-le-Cœur, 7.

www.ingramcontent.com/pod-product-compliance
Ingram Content Group UK Ltd.
Pitfield, Milton Keynes, MK11 3LW, UK
UKHW021739090726
13657UKWH00002B/807